Magd Marian

Thomas Love Peacock

Writat

Diese Ausgabe erschien im Jahr 2023

ISBN: 9789358810264

Herausgegeben von
Writat
E-Mail: info@writat.com

Inhalt

KAPITEL I

Kommt ihr nun hierher, um Frieden zu finden, oder kommt ihr, um Krieg zu führen?

—SCOTT.

„Der Abt, in seiner Albe gekleidet", stand am Altar in der Abteikapelle von Rubygill , mit all seinen rundlichen, schlanken, rosigen Mönchen, in schönen Reihen aufgestellt, um die Hochzeit der schönen Matilda Fitzwater, der Tochter des Abtes, feierlich zu feiern Baron von Arlingford , mit dem Adligen Robert Fitz- Ooth , Earl of Locksley und Huntingdon. Die Abtei von Rubygill lag in einem malerischen Tal, ein wenig von der Westgrenze des Sherwood Forest entfernt, an einem Ort, der von Natur aus als Rückzugsort klösterlicher Demütigung geeignet schien, da er am Ufer eines schönen Forellenbachs lag inmitten von Waldverstecken, reich an ausgezeichnetem Wild. Die Braut betrat mit ihrem Vater und den begleitenden Mädchen die Kapelle; aber der Earl war noch nicht angekommen. Der Baron war erstaunt und die Brautjungfern waren verunsichert. Matilda befürchtete, dass ihrem Geliebten etwas Böses zugestoßen war, spürte jedoch keinen Rückgang ihres Vertrauens in seine Ehre und Liebe. Durch die offenen Tore der Kapelle blickte sie auf die schmale Straße, die sich am Hügel entlang schlängelte, und ihr Ohr war das erste, das das ferne Trampeln von Pferden hörte, und ihr Auge war das erste, das das Glitzern schneebedeckter Federn und das Licht polierter Speere wahrnahm. „Es ist seltsam", dachte der Baron, „dass der Earl in diesem kriegerischen Gewand zu seiner Hochzeit kommt." aber er hatte nicht lange Zeit, über das Phänomen nachzudenken, denn die schäumenden Rosse rasten wie ein Wirbelwind zum Tor, und der Graf, atemlos vor Geschwindigkeit, und gefolgt von einigen seiner Freibauern, näherte sich seiner lächelnden Braut. Dann war keine Zeit, Fragen zu stellen, denn die Orgel ertönte in vollem Klang und die Chorsänger waren mit voller Stimme im Einsatz.

Der Abt begann, die Zeremonie in einem beeindruckend erhabenen Modulationsstil zu intonieren, wobei seine Stimme mithilfe einer sehr musikalischen Nase, die für diesen Anlass neu gestimmt wurde, äußerst kanonisch aus seinem Gaumen drang. Aber er war noch nicht weit genug vorgedrungen, um die ganze Vielfalt und den Umfang dieses melodischen Instruments zur Schau zu stellen, als am Tor ein Geräusch zu hören war und eine Gruppe bewaffneter Männer die Kapelle betrat. Der Gesang der Chorsänger verhallte entgegen allen Regeln der Psalmodie in einem Zittern von Zweisechzehnteln. Der Orgelbläser, der mit einer Hand seine musikalische Luftpumpe betätigte und mit zwei Fingern und einem Daumen der anderen einen Guckplatz durch den Vorhang der Orgelempore andeutete, blieb durch die doppelte Betätigung der Neugier bewegungslos und Angst; während der Organist, der nur auf seine Darbietung konzentriert war und alle seine Finger ausspreizte, um eine Welle prächtiger Akkorde anzuschlagen, spürte, wie sein harmonischer Geist bereit war, seinen Körper zu verlassen, als er mit dem grässlichen Rasseln leerer Tasten und dem daraus resultierenden agitato furioso beantwortet wurde die inneren Bewegungen seiner Gefühle zu verstehen, bereitete sich gerade darauf vor, die Harmonie wiederherzustellen, indem er mit der Ecke eines Hymnenbuchs auf dem Kopf seines nachlässigen Assistenten den segue subito einer Appoggiatura con foco anordnete, als seine Hand und seine Aufmerksamkeit gleichzeitig von der Szene unten angehalten wurden . Die Stimme des Abtes verstummte durch eine absteigende Tonleiter langgezogener Melodie, wie das Rauschen des abebbenden Meeres für die Forscher einer Höhle. Nach wenigen Augenblicken herrschte Stille, nur unterbrochen vom eisernen Schritt der bewaffneten Eindringlinge, der auf dem Marmorboden widerhallte und von den gewölbten Gängen widerhallte.

Der Anführer schritt zum Altar; und er stellte sich dem Abt gegenüber und zwischen den Grafen und Matilda, so dass die vier zusammen auf den vier Spitzen eines Diamanten zu stehen schienen, und rief aus: „Im Namen von König Heinrich verbiete ich die Zeremonie, und Machen Sie Robert Earl of Huntingdon zum Verräter!" und gleichzeitig hielt er sein gezücktes Schwert zwischen die Liebenden, als wollte er die königliche Autorität symbolisieren, die ihrem Vertrag ein zeitliches Verbot auferlegte. Der Graf zog sofort sein eigenes Schwert und schlug die dazwischenliegende Waffe nieder; Dann legte er seinen linken Arm um Matilda, die in seine Umarmung sprang und mit der rechten Hand sein Schwert vor sich hielt. Seine Freibauern stellten sich an seine Seite und standen mit gezogenen Schwertern regungslos und bereit da, wie Männer, die entschlossen waren, zu seiner Verteidigung zu sterben . Die Soldaten, überzeugt von ihrer zahlenmäßigen Überlegenheit, hielten inne. Der Abt nutzte die Pause, um ein Wort der Ermahnung einzubringen. „Meine Kinder", sagte er, „wenn ihr euch gegenseitig die Kehle durchschneidet, bitte ich euch im Namen des Friedens und der Nächstenliebe, dies außerhalb der Kapelle zu tun."

„Süße Matilda", sagte der Earl, „hast du dem Earl of Huntingdon, dessen Ländereien die Ouse und Trent berühren, oder Robert Fitz- Ooth , dem Sohn seiner Mutter, deine Liebe geschenkt?"

„Weder dem Grafen noch seinem Grafentum", antwortete Matilda bestimmt, „sondern Robert Fitz- Ooth und seiner Liebe."

„Das wusste ich sehr wohl", sagte der Graf; „Und obwohl die Zeremonie noch unvollständig ist, sind wir in den Augen meiner einzigen Heiligen, unserer Lieben Frau, die uns noch zusammenbringen wird, nicht weniger verheiratet. Lord Fitzwater, vorerst übergebe ich Ihre Tochter Ihrer Obhut. – Nein, süße Matilda, wir müssen uns für eine Weile trennen; aber wir werden uns bald unter einem helleren Himmel treffen, und dies sei das Siegel unseres Glaubens."

Er küsste Matildas Lippen und übergab sie dem Baron, der ihn mit finsterem Blick umsah, mit einem Gesichtsausdruck, der zeigte, dass er auf jemanden tödlich zornig war; aber was immer er dachte oder fühlte, behielt er für sich. Mit einem Zeichen an seine Anhänger stürmte der Graf plötzlich auf die Soldaten los, mit der Absicht, sich den Weg freizubahnen. Die Soldaten waren auf einen solchen Vorfall vorbereitet und es kam zu einem verzweifelten Gefecht. Einige der Frauen schrien, aber keine von ihnen wurde ohnmächtig; Denn Ohnmacht war damals nicht so sehr angesagt, als die Damen bei Sonnenaufgang mit Sülze und Bier frühstückten, sondern in unserem raffinierteren Zeitalter mit grünem Tee und Muffins zur Mittagszeit. Matilda schien bereit zu sein, erneut zu ihrem Geliebten zu fliegen, aber der Baron zwang sie, die Kapelle zu verlassen. Die Bogenschützen des Grafen an der Tür schickten eine Pfeilsalve zwischen die Angreifer, von denen einer am Ohr des Abtes vorbeizischte, der aus Todesangst, plötzlich von einem Geistermönch in einen Mönchsgeist verwandelt zu werden, begann, herauszurollen So schnell es seine Gestalt und seine heiligen Gewänder zuließen, betrat er die Kapelle und brüllte „Sakrileg!" mit all seinen Mönchen auf den Fersen, die, wie er selbst, mehr darauf bedacht waren, sofort zu gehen, als auf ihren Befehl zu reagieren. Der Abt, der so von hinten bedrängt wurde und über seinen eigenen Vorhang stolperte, fiel plötzlich in der Tür nieder, die die Kapelle mit der Abtei verband, und wurde augenblicklich unter einer Pyramide aus Geisterkadavern begraben, die über ihn und einander fielen , und da lag ein rollendes Chaos lebhafter Rundungen, die sich in unziemlicher Unordnung ausbreiteten und heulten und die Namen aller Heiligen im und aus dem Himmel aussendeten, inmitten des Klirrens der Schwerter, des Klingelns der Schilde, des Klapperns der Helme, des Klirrens der Bogensehnen, das Sausen der Pfeile, die Schreie der Frauen, die Rufe der Krieger und das Geschrei der Bauernschaft, die sich zur geplanten Hochzeit versammelt hatte und die, als sie sahen, dass die Hochzeit schön war, es schaffte, zu pflücken Bei dieser Gelegenheit stritten sie sich untereinander und schlugen sich zum Wohle des Königs und des Grafen mit Stock und Knüppel gegenseitig die Schädel ein. Nur ein großer Mönch blieb von der Panik seiner Brüder verschont und beobachtete standhaft den Kampf mit den Armen a- kembo , dem kolossalen Sinnbild einer unbewaffneten Neutralität.

Schließlich kämpfte sich der Earl inmitten der inneren Verwirrung mit Hilfe seines guten Schwertes, der standhaften Tapferkeit seiner Männer und dem Segen der Jungfrau bis zum Kapellentor vor – seine Bogenschützen schlossen ihn ein – er sprang in seinen Sattel, gab seinem Pferd die Sporen, versammelte seine Männer auf der ersten Anhöhe und tauschte sein Schwert gegen Pfeil und Bogen, womit er unter den Verfolgern, die es schließlich für das Beste hielten, damit aufzuhören, eine alte Schießerei vollführte Sie zogen sich aus dem Angriffskrieg zurück und zogen sich in die Abtei zurück, wo sie im Namen des Königs eine Pfeife mit bestem Wein anstießen und das gesamte Wildbret in der Speisekammer anbrachten, nachdem sie zuvor sorgfältig das Büschel der Mönche ausgepackt und den gefallenen Abt hingesetzt hatten auf seinen Beinen.

Man kann durchaus annehmen, dass die Mönche und die Männer des Königs, die dem Kampf unverletzt entkommen waren, ihre Stimmung einen Becher zu niedrig fanden und die Flasche von Mittag bis Abend in Bewegung hielten. Die friedlichen Brüder, die an den Tumult des Krieges nicht gewöhnt waren, hatten aus Angst und Verwirrung eine Erschöpfung ihrer Tiergeister durchgemacht, die außerordentliche Besinnung erforderte. Während des Mahls verhörten sie Sir Ralph Montfaucon , den Anführer der Soldaten, und respektierten die Art des Vergehens des Earls.

„Eine Komplikation von Straftaten", antwortete Sir Ralph, „die auf der ursprünglichen Grundlage des Waldverrats beruht." Trotz aller Einwände begann er mit der Jagd auf die Hirsche des Königs ; Darauf folgte Missachtung der Mandate des Königs und bewaffneter Widerstand gegen seine Macht unter Missachtung aller Autorität. und damit verbunden die entschiedene Zurückhaltung der Zahlung bestimmter Gelder an den Abt von Doncaster unter Missachtung jeglichen Gesetzes; und hat sich damit zum erklärten Feind von Kirche und Staat gemacht, und das alles, weil er Wildbret zu sehr liebt." Und der Ritter nahm sich eine halbe Pastete.

„Ein abscheulicher Täter", sagte ein kleiner, runder, öliger Mönch und nahm sich die Portion Pastete, die Sir Ralph übrig hatte.

„Der Earl ist ein würdiger Peer", sagte der große Mönch, den wir bereits in der Kapellenszene erwähnt haben, „und der beste Schütze Englands."

„Das ist glatter Verrat, Bruder Michael", sagte der kleine runde Mönch, „einen erfahrenen Verräter einen würdigen Peer zu nennen."

„Das verspreche ich dir", sagte Bruder Michael. Der kleine Mönch lächelte und füllte seine Tasse. „Er wird den langen Bogen spannen", verfolgte Bruder Michael, „mit jedem mutigen Freibauern unter ihnen allen."

„Reden Sie nicht vom Langbogen", sagte der Abt, der noch immer das Rauschen des Pfeils im Ohr hatte: „Was haben wir Säulen des Glaubens mit dem Langbogen zu tun?"

„Wie dem auch sei", sagte Sir Ralph, „er ist von diesem Moment an ein Gesetzloser."

„Umso schlimmer für das Gesetz", sagte Bruder Michael. „Das Gesetz wird ihn stärker vermissen als er das Gesetz." Er wird so viel Wildbret wie eh und je erlegen und noch mehr anderes Wild. Ich weiß, was ich sage: aber basta: Lasst uns trinken."

„Welches andere Spiel?" sagte der kleine Mönch. „Ich hoffe, er wird nicht unter unseren Rebhühnern wildern."

"Pochieren! nicht er", sagte Bruder Michael: „Wenn er deine Rebhühner will, wird er sie vor deiner Nase schlagen (auf dich) und an einem Donnerstagabend deinen Forellenbach für dich schleppen."

„Ungeheuerlich! und uns am Fasttag verhungern lassen", sagte der kleine Mönch.

„Aber das ist nicht das Spiel, das ich meine", sagte Bruder Michael.

„Sicherlich, Sohn Michael", sagte der Abt, „wollen Sie nicht unterstellen, dass der edle Graf zum Freibeuter werden wird?"

„Ein Mann muss leben", sagte Bruder Michael, „Earl oder nicht." Wenn das Gesetz seine Pacht und seine Pacht ohne seine Zustimmung nimmt, muss er die Pacht und Pacht dort nehmen, wo er sie ohne die Zustimmung des Gesetzes bekommen kann. Das ist die Lex talionis."

„Wirklich", sagte Sir Ralph, „das Mädchen tut mir leid: Sie scheint dieses wilde Ausreißerchen zu mögen."

„Ein verrücktes Mädchen, ein verrücktes Mädchen", sagte der kleine Mönch.

„Wie ein verrücktes Mädchen?" sagte Bruder Michael. „Hat sie nicht Schönheit, Anmut, Witz, Verstand, Diskretion, Geschicklichkeit, Gelehrsamkeit und Tapferkeit ?"

"Lernen!" rief der kleine Mönch aus; „Was hat eine Frau mit Lernen zu tun? Und Tapferkeit ! Wer hat jemals gehört, dass eine Frau für ihre Tapferkeit gelobt wurde ? Sanftmut und Milde und Weichheit und Sanftmut und Zärtlichkeit und Demut und Gehorsam gegenüber ihrem Ehemann und Vertrauen in ihren Beichtvater und Häuslichkeit, oder, wie gelehrte Ärzte es nennen, die Fähigkeit, zu Hause zu bleiben, und Stickerei und Musik , und Einlegen und Konservieren und die ganze komplexe und vielschichtige Einzelheit der edlen Wissenschaft des Abendessens, sowohl bei der Vorbereitung für den Tisch als auch bei der Anordnung darüber und bei der Verteilung um ihn herum an Ritter, Knappen und Geistermönche – Das sind weibliche Tugenden: aber Tapferkeit – warum, wer hat das jemals gehört – ?"

„Sie ist das Alles in allem", sagte Bruder Michael, „sanft wie eine Ringeltaube und doch hochfliegend wie ein Falke: bescheiden unter ihr, würdig, aber würdig jenseits aller Lobeshymnen: eine exakte Ökonomin in allem Überfluss." Sie war eine äußerst großzügige Spenderin aller Großzügigkeit: die Hauptregulatorin ihres Haushalts, die schönste Säule ihrer Halle und die süßeste Blüte ihrer Laube; sie hatte in allen entgegengesetzten Vorschlägen Verstand zum Verstehen, Urteilsvermögen zum Abwägen, Diskretion zum Wählen und Festigkeit zu unternehmen, Fleiß zu führen, Beharrlichkeit zu erreichen und Entschlossenheit zu bewahren. Für den Gehorsam gegenüber ihrem Mann darf das nicht auf die Probe gestellt werden, bis sie einen hat; für den Glauben an ihren Beichtvater hat sie so viel, wie das Gesetz vorschreibt: für Stickereien eine Arachne, für Musik eine Sirene; und fürs Einlegen und Konservieren nicht Eines ihrer Gläser mit gezuckerten Aprikosen gibt Ihnen Ihr letztes Übermaß in Arlingford Castle?"

„Nennen Sie das konservierend?" sagte der kleine Mönch; „Ich nenne es zerstörend. Nennen Sie es Beizen? Es hat mich wirklich umgehauen. Mein Leben wurde durch ein Wunder gerettet."

„Beim Kanarienvogel", sagte Bruder Michael. „Kanarienvogel ist der einzige Lebensretter, das wahre Aurum Potabile, das universelle Allheilmittel gegen alle Krankheiten, Durst und kurzes Leben. Dein Leben wurde von Canary gerettet."

„In der Tat, ehrwürdiger Vater", sagte Sir Ralph, „wenn die junge Dame nur halb so groß ist, wie Sie es beschreiben, muss sie ein Vorbild sein; aber dass Sie sie für ihre Tapferkeit loben , erstaunt mich einigermaßen."

„Sie kann fechten", sagte der kleine Mönch, „und den Langbogen spannen und mit dem Singlestick und dem Quarter-Stab spielen."

„Dennoch merken Sie sich", sagte Bruder Michael, „nicht wie ein Virago oder ein Hoyden, oder wie einer, der einem Diener den Kopf einschlagen würde, weil er Soße auf ihre Halskrause verschüttet hat, sondern mit so weiblicher Anmut und gemäßigter Selbstbeherrschung, als ob diese männlich wären. " Übungen gehörten nur ihr und wurden ihr zuliebe weiblich."

„Sie regen mich an", sagte Sir Ralph, „sie näher zu betrachten. Dieser verrückte Graf hat für mich eine andere Beschäftigung gefunden, als sie in der Kapelle zu bewachen."

„Der Earl ist ein würdiger Peer", sagte Bruder Michael; „Er ist alle vierzehn Earls auf dieser Seite Trents wert und alle sieben auf der anderen."

(Der Leser wird sich gerne daran erinnern, dass die Rubygill Abbey nördlich von Trent lag.)

„Sein Mut wird auf die Probe gestellt“, sagte Sir Ralph. „Es gibt viele Höflinge, die König Heinrich schwören, ihn tot oder lebendig hereinzubringen.“

„Dann müssen sie auf die Brombeersträucher achten“, sagte Bruder Michael.

„Das Brombeerstrauch, der Brombeerstrauch, der schöne Waldstrauch,

Macht einen Scherz

Aus seidener Weste,

Das wird durch Greenwood Scramble:

Das Brombeerstrauch, der Brombeerstrauch, der schöne Waldstrauch.“

„Pest auf deiner Lunge, Sohn Michael“, sagte der Abt; „Das ist deine alte Spule: immer brüllend in deinen Tassen.“

„Ich weiß, was ich sage“, sagte Bruder Michael; „Ein altes Lied hat oft mehr Sinn als eine neue Predigt.

Der höfische Pad schlendert,

Als sein fröhlicher Herr schwafelte:

Aber beide können fangen

Ein unangenehmer Kratzer,

Wenn sie im Brombeergestrüpp reiten:

Das Brombeerstrauch, der Brombeerstrauch, der schöne Waldstrauch.“

„Großer Mönch“, sagte Sir Ralph, „entweder Sie schießen wahllos mit den Pfeilen Ihrer Heiterkeit, oder Sie kennen mehr von den Plänen des Grafen, als Ihrem Kleid gebührt.“

„Mein Kleid“, sagte Bruder Michael, „möge für seine eigenen Sünden verantwortlich sein.“ Es ist abgenutzt und bedeckt meines nicht mehr. Es ist zu schwach für einen Schild, zu durchsichtig für einen Schirm, zu dünn für einen Unterschlupf, zu leicht für die Schwerkraft und zu abgenutzt für einen Scherz. Der Träger wäre in der Tat nichts wert, wenn er ein solches Hochzeitskleid schlecht tragen würde.

Aber warum tragen die Schafe Wolle?

Dass er zur rechten Zeit geschoren wird,

Und der Hirte sei warm, obwohl seine Herde kühl sei:

Also werde ich einen neuen Umhang um mich haben."

KAPITEL II

Vray moyne si oncques de feut Depuis que le monde moynant

moyna de moynerie .- RABELAIS.

Der Earl of Huntingdon, der in der Nähe eines königlichen Waldes lebte und sich seit seiner Kindheit leidenschaftlich an der Jagd beteiligte, hatte schon lange mit den Hirschen des Königs so viel Freiheit gehabt, wie Lord Percy es mit denen von Lord Douglas bei der denkwürdigen Jagd auf Cheviot vorhatte . Es ist hinreichend bekannt, wie streng die Waldgesetze damals waren und mit welcher Eifersucht die Könige von England diesen Zweig ihrer Vorrechte aufrechterhielten; Aber Drohungen und Vorwürfe wurden auf den Grafen geworfen, der erklärte, dass er dem heiligen Petrus nicht für die Aufnahme ins Paradies danken würde, wenn er gezwungen wäre, seinen Bogen und seine Hunde am Tor zurückzulassen. König Heinrich (der Zweite) schwor bei St. Botolph, ihn dazu zu bringen, seinen Sport zu bereuen, und nachdem er dafür gesorgt hatte, dass er ordnungsgemäß und offiziell angeklagt wurde, berief er ihn nach London, um sich der Anklage zu stellen. Der Graf, der sich unter seinen eigenen Vasallen für sicherer hielt als unter den Höflingen König Heinrichs, nahm von dem Mandat keine Notiz. König Heinrich schickte eine Streitmacht, um ihn, vi et armis , vor Gericht zu bringen. Der Graf leistete entschiedenen Widerstand und schlug die Streitmacht des Königs unter einem Pfeilregen in die Flucht: eine Tat, die die Höflinge als Verrat bezeichneten. Gleichzeitig verklagte der Abt von Doncaster die Zahlung bestimmter Gelder, die der Graf, dessen Einnahmen mit seiner Gastfreundschaft im Verliererrennen standen, zu verschiedenen Zeiten von dem besagten Abt geliehen hatte: denn die Äbte und die Bischöfe waren das Oberhaupt Wucherer jener Tage, und da der Zweck die Mittel heiligt, waren sie nicht im geringsten bedenklich, das anzuwenden, was im Profanen Erpressung gewesen wäre, um das fromme Ziel zu erreichen, dem Land einen Segen zu bringen, indem es aus der schwachen Macht gerettet wurde von Fleischlichem und Zeitlichem in den festeren Griff geisterhafter und spiritueller Besitzer. Aber der Graf, der auf die Zahl und Treue seiner Gefolgsleute vertraute, weigerte sich entschieden, entweder das Geld zurückzuzahlen, was er nicht konnte, oder die Einziehung zu gewähren, was er nicht wollte; eine Weigerung, die in jenen Tagen als Akt der Gesetzlosigkeit galt ein Gentleman, wie es jetzt der Konkurs eines niederen Mechanikers ist; Der Gentleman genießt in unseren klügeren Zeiten ein großzügigeres Vorrecht des Adels, das es ihm ermöglicht, sein Land zu behalten und über seinen Gläubiger zu lachen. So kamen die gegenseitigen Ressentiments und Interessen des Königs und des Abtes zusammen und unterwarfen den Grafen den Strafen der Gesetzlosigkeit, durch die der Abt seinen Anspruch auf die Ländereien von Locksley erhielt und der Rest dem König beschlagnahmt wurde. Dennoch hielt der König es nicht für ratsam, den Grafen in seiner eigenen Festung anzugreifen, sondern ließ seine Anträge sorgfältig überwachen, bis schließlich seine angebliche Heirat mit der Erbin von Arlingford eine einfache Methode aufzuzeigen schien dem Täter gewalttätige Hände auflegen. Sir Ralph Montfaucon , ein junger Mann aus guter Abstammung und von aufstrebendem Temperament, der bereitwillig die erste sich bietende Gelegenheit nutzte, sich in der Gunst König Heinrichs zu empfehlen , indem er seinen Eifer in seinen Diensten bewies, übernahm den Angriff. Wir haben gesehen, wie ihm das gelang .

Sir Ralphs Neugier wurde durch die Beschreibung der jungen Dame von Arlingford durch den Mönch stark geweckt ; und er bereitete sich am Morgen darauf vor, das Schloss zu besuchen, unter dem sehr plausiblen Vorwand, dem Baron eine Erklärung für sein Eingreifen bei der Hochzeit zu geben. Bruder Michael und der kleine dicke Mönch schlugen vor, seine Führer zu sein. Der Vorschlag wurde höflich angenommen und sie machten sich gemeinsam auf den Weg und ließen Sir Ralphs Anhänger in der Abtei zurück. Der Ritter saß auf einem temperamentvollen Streitross; Bruder Michael auf einem großen, schwer trabenden Pferd; und der kleine, dicke Mönch auf einem dicken, sanften Galoway , der in Größe, Rundheit und Geschmeidigkeit so sehr mit ihm selbst übereinstimmte, dass, wenn sie zu einem Zentauren verschmolzen worden wären, sich an ihren Proportionen nichts geändert hätte.

„Weißt du", sagte der kleine Mönch, während sie sich am Ufer des Baches entlang schlängelten, „der Grund, warum Seeforellen besser sind als Flussforellen und außerdem scheuer?"

„Ich war mir dieser Tatsache nicht bewusst", sagte Sir Ralph.

„Eine äußerst heterodoxe Bemerkung", sagte Bruder Michael. „Wissen Sie nicht, dass man in allen schönen Dingen die Implikation für absolut halten und, ohne auf die TATSACHE OB zu achten, nur nach dem Grund dafür suchen sollte?" Aber es ist eine Tatsache, nach dem Wort eines Mönchs; Was wird der Laie zu bestreiten wagen, der ein Daunenbett einem Rost vorzieht?"

„Tatsächlich", sagte der Ritter, „weiß ich immer noch nicht, warum; Ich würde es mir auch nicht leisten, über eine Angelegenheit dieser Größenordnung Stellung zu beziehen. Denn in allem, was mit den guten Dingen dieser oder der nächsten Welt zu tun hat, sind meine ehrwürdigen spirituellen Führer so freundlich, mir die Mühe des Nachdenkens abzunehmen."

„Gesprochen", sagte Bruder Michael, „mit einem gesunden katholischen Gewissen. Mein kleiner Bruder hier kennt sich bestens aus, wenn es um

Forellen geht. Er hat das Thema mindestens fünfunddreißig Jahre lang zweimal pro Woche markiert, gelernt und innerlich verdaut. Darin gebe ich ihm nach. Meine Stärken sind Wildbret und Kanarienvogel."

„Die guten Eigenschaften einer Forelle", sagte der kleine Mönch, „sind Festigkeit und Rötung: Die Rötung ist tatsächlich das sichtbare Zeichen aller anderen Tugenden."

„Woher", sagte Bruder Michael, „wählen wir unseren Abt nach seiner Nase:

Die Rose in der Nase offenbart alle Tugenden:

Denn die äußere Gnade zeigt sich

Dass das Innere überströmt,

Wenn es in der Rose einer roten, roten Nase leuchtet. "

„Nun", sagte der kleine Mönch, „wie die Festigkeit ist, so ist auch die Röte, und wie die Röte ist, so ist auch die Schüchternheit."

„Warum heiraten?" sagte Bruder Michael. „Die Lösung ist nicht physikalisch-natürlich, sondern physikalisch-historisch oder natürlich-suprainduktiv . Und dabei hängt eine Geschichte, die entweder gesagt oder gesungen werden kann:

Das Mädchen stand da, um den Kampf zu beobachten

An den Ufern von Kingslea Mere,

Und sie brachten ihren wahren Ritter zu ihren Füßen

Wundverwundet auf einer Bahre.

Sie kniete neben ihm, um seine Wunden zu verbinden,

Sie wusch sie mit vielen Tränen:

Und Schreie erklangen schnell im Wind,

Das verriet, dass der Feind in der Nähe war .

"Oh! „Lass es nicht", sagte er, „solange ich lebe,

Der grausame Feind, den ich nehme:

gib einen letzten Kuss ,

Und wirf mich in den See. "

Um seinen Hals schlang sie ihre Arme,

Und sie küsste seine Lippen so blass:

Und immer mehr die Alarme des Krieges

Kam lauter das Tal hinauf.

Sie zog ihn an die steile Seite des Sees,

Wo die rote Heide das Ufer säumte;

Sie stürzte mit ihm in die Flut,

Und sie wurden nicht mehr gesehen.

Ihr wahres Blut vermischte sich in Kingslea Mere,

Es war schön, sich auf Erden zu vermischen:

Und die Forelle, die darin schwimmt, ist kristallklar

Ist mit dem purpurnen Fleck gefärbt.

„ So sehen Sie, wie aus dem Bösen Gutes entsteht und wie es einem heiligen Mönch am Fasttag besser ergehen könnte, als vor zweihundert Jahren zwei Liebende gewaltsam ums Leben kamen. Die Schlussfolgerung ist sehr konsequent: Wo auch immer man eine Forelle mit rotem Fleisch fängt, blutet die Liebe unter Wasser: eine okkulte Eigenschaft, die nur in den stehenden Gewässern eines Sees wirken kann und durch den schnellen Übergang der Gewässer eines Baches neutralisiert wird ."

„Und warum ist die Forelle deswegen scheuer?" fragte Sir Ralph.

„Siehst du nicht?" sagte Bruder Michael. „Die Tugenden beider Liebender verbreiten sich im See. Die Einflößung männlicher Tapferkeit macht den Fisch aktiv und zuversichtlich; die Einflößung mädchenhafter Bescheidenheit macht ihn schüchtern und schwer zu gewinnen; und du wirst im Laufe des Lebens feststellen, dass der Fisch, der am leichtesten zu fangen ist, nicht der beste Fisch ist, der es wert ist, aufgetischt zu werden. Aber dort drüben sind die Türme von Arlingford ."

Der kleine Mönch blieb stehen. Er schien plötzlich von einem schrecklichen Gedanken heimgesucht zu werden, der eine vorübergehende Blässe in seinem rosigen Teint hervorrief ; und nach kurzem Zögern drehte er seinen Galloway um und sagte seinen Gefährten, er solle ihnen einen guten Tag wünschen.

„Warum, was ist jetzt im Wind, Bruder Peter?" sagte Bruder Michael.

„Die Dame Matilda", sagte der kleine Mönch, „kann den Langbogen spannen. Sie darf Sir Ralph gegenüber keinen guten Willen zeigen; und wenn sie ihn von ihrem Turm aus erspähen sollte, könnte sie ihr Erkennen mit einem Tuchyard-Pfahl bezeugen. Sie ist keine so unfehlbare Schützin, dass sie nicht auf eine Krähe schießen und eine Taube töten könnte. Sie könnte den Ritter vielleicht verfehlen und mich schlagen, der ihr nie etwas zuleide getan hat."

„Tut, tut, Mann", sagte Bruder Michael, „solche Angst gibt es nicht."

„Messe", sagte der kleine Mönch, „aber da ist eine solche Angst, und sie ist auch sehr stark. Wer es nicht hat, der darf seinen Weg behalten, und ich, der ihn hat, werde den meinen nehmen. Ich bin gerade nicht in der Lage, auf lange Sicht abgehängt zu werden." Und als er diese Worte sagte, gab er seiner vierfüßigen besseren Hälfte die Sporen und galoppierte so flink davon, als hätte er einen Pfeil hinter sich singen sehen.

„Ist diese Dame Matilda denn eine so schreckliche Jungfrau?" sagte Sir Ralph zu Bruder Michael.

„Auf keinen Fall", sagte der Mönch. „Sie hat auf jeden Fall einen guten Geist; aber es ist der Flügel des Adlers, ohne seinen Schnabel und seine Klaue. Sie ist ebenso sanft wie großmütig; Aber es ist die Sanftheit des Sommerwinds, der, so leicht er auch das Büschel der Kiefer schwenkt, die Andeutung einer Macht in sich trägt, die, wenn sie bis zum Äußersten geweckt würde, sie dazu bringen könnte, sich dem Staub zu beugen. "

„Aus der Wärme deines lobenden, gespenstischen Vaters", sagte der Ritter, „würde ich fast vermuten, dass du in das Mädchen verliebt warst."

„Das bin ich", sagte der Mönch, „und es ist mir egal, wer es weiß; aber alles im Sinne der Ehrlichkeit, Meistersoldat. Ich bin sozusagen ihr spiritueller Liebhaber; und wäre sie eine fahrende Jungfrau, wäre ich ihr gespenstischer Knappe, ihr militanter Mönch. Ich würde mich in die Rüstung des Beweises schnallen, und der Teufel könnte mich mit einem eisernen Dreschflegel schwarz schlagen, bevor ich mich für ihre Sache einsetzen würde. Obwohl sie kanonisch noch nicht eins sind, ist der Earl dank Ihres Soldatentums ihr Lehnsherr und sie seine Lehnsdame. Ich bin ihr Beichtvater und Geisterführer: Ich habe es mir zur Aufgabe gemacht, ihr den Weg ins Jenseits zu zeigen; Und wie kann ich das tun, wenn ich sie dabei aus den Augen verliere? Da dies nur der Weg zum anderen ist und so viele Umwege und Verzweigungen von Nebenwegen und ausgetretenen Pfaden aufweist (alle dichter als der wahre mit Wegweisern und Meilensteinen, von denen keiner die Wahrheit sagt), ist ein Reisender braucht jemanden , der den Weg kennt, sonst stehen die Chancen schlecht, dass er jemals das Gesicht des Heiligen Petrus sehen wird."

„Aber es muss sicherlich einen Grund für die Besorgnis von Vater Peter geben", sagte Sir Ralph.

„Keine", sagte Bruder Michael, „außer der Besorgnis selbst; Angst ist ihr eigener Vater und am produktivsten in der Selbstvermehrung. Die Dame hat zwar einmal ihren Unmut gegen unseren kleinen Bruder zum Ausdruck gebracht, weil er sie zurechtgewiesen hatte, weil sie morgens auf die Jagd ging, anstatt zur Matine zu gehen. Sie unterbrach den Faden seiner Beredsamkeit, indem sie spielerisch ihre Bogensehne spannte und einen Pfeil über seinen Kopf schoss ; Er watschelte mit außergewöhnlicher Geschwindigkeit davon und hatte viele Monate lang große Ehrfurcht vor ihr. Ich dachte, er hätte es vergessen, aber lassen Sie das durchgehen. In Wahrheit hätte sie wenig von der Gesellschaft ihres Geliebten gehabt, wenn ihr der Gesang der Chorsänger besser gefallen hätte als der Schrei der Hunde: doch ich weiß es nicht; denn sie waren von der Wiege an Gefährten und formten sich gegenseitig zur Liebe des Farns und des Fingerhuts. Wäre einer weniger waldreich gewesen, wäre der andere vielleicht heiliger gewesen ; aber sie werden jetzt nie mehr Matinen hören als die der Lerche, noch den ehrfurchtsvollen gewölbten Gang außer den des grünen Baldachins. Sie sind Zwillingspflanzen des Waldes und werden mit seinem Wachstum identifiziert.

> *Für die schlanke Buche und die junge Eiche,*
>
> *Das wächst am schattigen Bach,*
>
> *Sie können beides mit einem Schlag abholzen,*
>
> *Sie können reduzieren, was Sie wollen.*
>
> *Aber das müssen Sie wissen, solange sie wachsen*
>
> *Was auch immer die Veränderung sein mag,*
>
> *Man kann weder Eiche noch Buche unterrichten*
>
> *Alles andere als ein grüner Baum sein."*

KAPITEL III

Der Ritter und der Mönch kamen in Arlingford Castle an und überließen ihre Pferde der Obhut von Lady Matildas Stallknecht, bei dem der Mönch in großer Gunst stand . Sie wurden in ein stattliches Gemach geführt, wo sie den Baron allein vorfanden, der eine riesige Schnitzerei in der Hand hielt. Messer über einen Bruderbaron – von Rind – mit so viel Heftigkeit, als würde er einen Feind niederstrecken. Der Baron war ein Gentleman von wildem und cholerischem Temperament: Er stammte direkt vom gefürchteten Fierabras aus der Normandie ab, der mit dem Eroberer nach England kam und in der Schlacht von Hastings mit eigener Hand vier und vier tötete. Zwanzig sächsische Kavaliere in einer Reihe. Das Übermaß der inneren Wut des Barons am Vortag hatte ihre äußere Manifestation erstickt: Er war so gleichermaßen wütend auf beide Parteien, dass er nicht wusste, an wem er seinen Zorn auslassen sollte. Er war wütend auf den Earl, weil er sich ohne seine Geheimnisse in ein solches Dilemma gebracht hatte; und er war nicht weniger wütend auf die Männer des Königs wegen ihres sehr unangemessenen Eindringens. Er hätte sich gerne auf beide Parteien einlassen können, aber er hätte unbedingt mit einer beginnen müssen; und er hatte das Gefühl, dass seine Gefolgsleute, egal auf welcher Seite er den ersten Schlag ausführen würde, sofort in die Schlacht ziehen würden. Er habe sich daher damit begnügt, seine Tochter vom Tatort zu vertreiben. Im Laufe des Abends hatte er die Nachricht erhalten, dass sich das Schloss des Grafen im Besitz einer Gruppe von Männern des Königs befand, die von Sir Ralph Montfaucon abkommandiert worden waren , um es während der Abwesenheit des Grafen einzunehmen. Der Baron schloss daraus, dass der Fall des Grafen verzweifelt sei; und diejenigen, die die Gelegenheit hatten, mitzuerleben, wie ein reicher Freund plötzlich in Armut verfiel, können leicht anhand ihrer eigenen Gefühle beurteilen, wie schnell und vollständig sich das gesamte moralische Wesen des Grafen in der Einschätzung des Barons verändert hatte. Der Baron ging sofort dazu über, in den Gedanken seiner Tochter die gleiche summarische Revolution zu fordern, die bei ihm stattgefunden hatte, und fühlte sich durch ihre Nichterfüllung außerordentlich schlecht behandelt. Die Dame hatte sich in ihr Gemach zurückgezogen, und der Baron hatte eine Nacht ohne Abendessen und Schlaf verbracht und war bis in die fortgeschrittene Morgenstunde in seinen Gemächern umhergelaufen, als ihn der Hunger zwang, die Beute der Butterfabrik vor sich herbeizurufen, die, da die … Die geplante Reihe eines nicht eingenommenen Hochzeitsfestes war mehr als gewöhnlich reichlich vorhanden, und als der Ritter und der Mönch eintraten, war er voller verzweifelter Tapferkeit dabei . Er blickte grimmig zu ihnen auf, sein Mund voller Rindfleisch und seine Augen voller Flammen, und er erhob sich, wie es die Zeremonie erforderte, machte eine schreckliche Verbeugung vor dem Ritter, beugte sich über den Tisch und präsentierte ihm sein Tranchiermesser militaire , und zwar auf eine Weise, die es zweifelhaft zu machen schien, ob er seinem Besucher Respekt erweisen oder seine Versorgung verteidigen wollte; aber der Zweifel wurde bald ausgeräumt, indem er dem Ritter höflich bedeutete, Platz zu nehmen ; Daraufhin trat der Mönch an den Tisch und sagte: „Für das, was wir empfangen werden", und begann ohne weiteres Vorspiel mit der Arbeit, indem er einen Kelch Wein füllte und trank. Gleichzeitig bot der Baron Sir Ralph eines an, mit dem Gesichtsausdruck eines Mannes, bei dem gewohnheitsmäßige Gastfreundschaft und Höflichkeit mit den Aufwallungen natürlichen Zorns zu kämpfen haben. Sie gelobten einander schweigend, und nachdem der Baron einen reichlichen Schluck getrunken hatte, fuhr er damit fort, seine Lippen und seine Kehle zu bearbeiten, als versuche er, seinen Zorn zu unterdrücken, wie er seinen Wein getrunken hatte. Sir Ralph, der nicht recht wusste, was er mit diesen zweideutigen Zeichen anfangen sollte, suchte nach Anweisungen für den Mönch, der ihn durch bedeutungsvolle Blicke und Gesten zu raten schien, seinem Beispiel zu folgen und an der guten Laune vor ihm teilzunehmen, ohne etwas zu sagen, bis der Baron es täte in seinem Verhalten verständlicher sein . Der Ritter und der Mönch begannen daher nach ihrem Ritt, sich zu reflektieren ; Der Baron sah zuerst den einen und dann den anderen an und musterte abwechselnd die ernsten Blicke des Ritters und das fröhliche Gesicht des Mönchs, bis er schließlich, nachdem er sich genug beruhigt hatte, um zu sprechen, sagte: „Höflicher Ritter und geisterhafter Vater, Ich nehme an, Sie haben etwas anderes mit mir zu tun, als mein Rindfleisch zu essen und meinen Kanarienvogel zu trinken; und wenn ja, warte ich geduldig auf Ihre Muße, sich mit dem Thema zu befassen."

„Lord Fitzwater", sagte Sir Ralph, „im Gehorsam gegenüber meinem königlichen Herrn, König Heinrich, habe ich unfreiwillig dazu beigetragen, die geplante Hochzeit Ihrer schönen Tochter zu vereiteln; Dennoch wirst du mir, darauf vertraue ich, keinen Unmut über meine Entscheidungsfreiheit schulden, da die edle Jungfrau zu diesem Zeitpunkt sonst vielleicht die Braut eines Gesetzlosen gewesen wäre."

„Ich bin Ihnen sehr dankbar, Sir", sagte der Baron; „sehr überaus dankbar. Ihre Fürsorge für meine Tochter ist wahrlich väterlich und für einen jungen Mann und einen Fremden sehr einzigartig und vorbildlich. Und es ist sehr freundlich, meine Unzulänglichkeit und Unerfahrenheit zu lindern und sich so sehr um das zu kümmern, was Sie nicht betrifft ."

„Sie verkennen den Ritter, edler Baron", sagte der Mönch. „Er drängt seine Vernunft nicht in Form einer vorgefassten Absicht, sondern in Form einer späteren Abschwächung." Es stimmt, er hat der Dame Matilda großes Unrecht getan ..."

„Wie, großes Unrecht?" sagte der Baron. „Was meinst du mit großem Unrecht? Hätten Sie sie mit einem wilden Nachtschwärmer verheiratet, der durch diesen Unfall einen Grafen und die Natur zum Hirschdieb gemacht hat? Wer hat nicht den Verstand, Wildbret zu essen, ohne einen Streit mit der Monarchie anzuzetteln? der seine eigenen Ländereien in die Fänge schurkischer Mönche wirft, um auf den Gebieten anderer Männer zu jagen, und um Vagabunden zu feiern, die Lincoln-Grün tragen, und die meins obendrein weggeworfen hätten, wenn er meine Tochter gehabt hätte? Was meinst du mit großem Unrecht?"

„Stimmt", sagte der Mönch, „großartig, richtig, das meinte ich."

"Rechts!" rief der Baron aus: „Welches Recht hat irgendein Mann außer mir selbst, meiner Tochter Recht zu geben?" Welches Recht hat irgendein Mann, mitten in der Hochzeitszeremonie den Bräutigam meiner Tochter aus der Kapelle zu vertreiben und alle unsere fröhlichen Gesichter in grüne Wunden und blutige Nackenhaare zu verwandeln und dann zu mir zu kommen und mir zu sagen, dass er uns Großes getan hat, oder?"

„Wahr", sagte der Mönch, „er hat weder richtig noch falsch getan."

„Aber er hat es getan", sagte der Baron, „er hat beides getan, und ich werde es mit meinem Handschuh behaupten."

„Das wird nicht nötig sein", sagte Sir Ralph; „Ich werde alles in Ehren zugeben ."

Ehre zugestehen : Ich werde keinem Mann etwas in Ehre zugestehen."

„Das werde ich auch nicht tun, Lord Fitzwater", sagte Sir Ralph, „in diesem Sinne: aber hören Sie mich. Ich wurde vom König beauftragt, den Earl of Huntingdon festzunehmen. Ich brachte eine Gruppe Soldaten mit, ausgewählte und geprüfte Männer, wohlwissend, dass er nicht leichtfertig nachgeben würde. Ich schickte meinen Leutnant mit einer Abteilung los, um das Schloss des Grafen in seiner Abwesenheit zu überraschen, und legte Maßnahmen fest, um ihn auf dem Weg zu seiner geplanten Hochzeit abzufangen. aber er schien von diesem Teil meines Plans Kenntnis gehabt zu haben, denn er brachte ein großes bewaffnetes Gefolge mit und nahm einen Umweg, der ihn, glaube ich, etwas später als seine festgelegte Stunde brachte. Als mir die Zeit zeigte, dass er eine andere Spur eingeschlagen hatte, folgte ich ihm bis zur Kapelle; und ich hätte den Abschluss der Zeremonie abgewartet, wenn ich gedacht hätte, dass entweder Sie oder Ihre Tochter den Wunsch verspürt hätten, die Braut eines Gesetzlosen zu sein."

„Wer hat gesagt, Sir", rief der Baron, „dass wir so etwas begehren? Aber wirklich, mein Herr, wenn ich den Teufel für einen Schwiegersohn übrig hätte, würde ich gerne den Mann sehen, der es wagen würde, einzugreifen.

„Das würde ich tun", sagte der Mönch; „Denn ich habe es mir vorgenommen, sie dazu zu bringen, dem Teufel abzuschwören."

„Sie soll dem Teufel nicht entsagen", sagte der Baron, „es sei denn, es gefällt mir. Sie sind mit Ihren Unternehmungen sehr bereit. Werden Sie sich verpflichten, sie dazu zu bringen, auf den Grafen zu verzichten, der, wie ich glaube, der fleischgewordene Teufel ist? Wirst du das übernehmen?"

„Werde ich es unternehmen", sagte der Mönch, „Trent nach Westen laufen zu lassen oder eine Flamme nach unten brennen zu lassen oder einen Baum wachsen zu lassen, dessen Kopf in der Erde und seine Wurzel in der Luft ist?"

„Also", sagte der Baron, „ist der Geist eines Mädchens genauso schwer zu ändern wie die Natur und die Elemente, und es ist einfacher, sie dazu zu bringen, dem Teufel abzuschwören als einem Liebhaber." Bist du dem Teufel gewachsen und keinem Mann gewachsen?"

„Meine Kriegsführung", sagte der Mönch, „ist nicht von dieser Welt. Ich kämpfe nicht gegen den Menschen, sondern gegen den Teufel, der umherzieht, um zu suchen, was er verschlingen kann."

"Oh! Tut er das?" sagte der Baron: „Dann nehme ich an, dass du so oft in meiner Butter nach ihm suchst. Wirst du den Teufel austreiben, dessen Name Legion ist, wenn du den Kobold, dessen Name Liebe ist, nicht austreiben kannst?"

„Ehen", sagte der Mönch, „werden im Himmel geschlossen. Liebe ist Gottes Werk, und da mische ich mich nicht ein."

„Gottes Werk, in der Tat!" sagte der Baron, „als die Zeremonie in der Kirche abgebrochen wurde. Hätten die Menschen sie trennen können, wenn Gott sie zusammengefügt hätte? Und der Earl ist jetzt kein Earl mehr, sondern schlicht Robert Fitz- Ooth : Deshalb werde ich nichts von ihm wissen.

„Er mag büßen", sagte der Mönch, „und der König mag besänftigen. Der Earl ist ein würdiger Peer, und der König ist ein höflicher König."

„Er kann nicht büßen", sagte Sir Ralph. „Er hat die Männer des Königs getötet; und wenn der Baron helfen und unterstützen würde, würde er seine Burg und sein Land verlieren."

„Werde ich?" sagte der Baron; „Nicht solange ich einen Tropfen Blut in meinen Adern habe. Wer kommt, um sie zu holen, soll mir zuerst dienen, wie der Mönch meine Flaschen mit Kanarienvogel serviert; er wird mich trocken wie Heu ausleeren. Bin ich nicht verunglimpft? Bin ich nicht empört? Wird meine Tochter nicht verunglimpft und zum Gespött gemacht? Ein halbverheiratetes Mädchen? Da wurde mein Butler mit gebrochenem Kopf nach Hause gebracht. Mein Butler, Mönch: Es gibt etwas, das Ihr Mitgefühl wecken könnte. Bruder, der Graf-nicht-Graf soll nicht mehr zu meiner Tochter kommen."

„Sehr gut", sagte der Mönch.

„Es ist nicht sehr gut", sagte der Baron, „denn ich kann sie nicht dazu bringen, es zu sagen."

„Ich fürchte", sagte Sir Ralph, „die junge Dame muss sehr verzweifelt und verwirrt sein."

„Nicht im Geringsten, Sir", sagte der Baron. „Sie ist, wie immer, in einer höchst provozierenden Gelassenheit und widerspricht mir so lächelnd, dass es einen wütend machen würde, sie zu sehen."

„Ich hatte gehofft", sagte Sir Ralph, „dass ich sie gesehen hätte, um mich persönlich für die harte Notwendigkeit meiner Pflicht zu entschuldigen."

Er hatte kaum gesprochen, als sich die Tür öffnete und die Dame erschien.

KAPITEL IV

Matilda, die nicht von Besuchern träumte, stolperte in einem waldgrünen Kleid, mit einem kleinen Köcher an ihrer Seite und Pfeil und Bogen in der Hand, in die Wohnung. Ihr Haar, schwarz und glänzend wie der Flügel des Raben, lockte sich wie wandernde Büschel dunkler, reifer Weintrauben unter dem Rand ihrer runden Haube; und ein Schwarm schwarzer Federn fiel nachlässig darüber zurück, mit einer fast horizontalen Neigung, die wie die gewohnheitsmäßige Wirkung schneller Bewegung gegen den Wind schien. Ihre schwarzen Augen funkelten wie Sonnenstrahlen auf einem Fluss: ein klares, tiefes, flüssiges Strahlen, die Widerspiegelung ätherischen Feuers — gemildert, nicht gedämpft, im Medium seines lebendigen und sanften Spiegels. Ihre Lippen waren zum Sprechen halb geöffnet, als sie die Wohnung betrat; und mit einem anerkennenden Lächeln gegenüber dem Mönch und einer Höflichkeit gegenüber dem fremden Ritter näherte sie sich dem Baron und sagte: „Du bist zu spät beim Frühstück, Vater."

„Ich bin nicht beim Frühstück", sagte der Baron. „Ich war beim Abendessen: das Abendessen meines letzten Abends; denn ich hatte keines."

„Es tut mir leid", sagte Matilda, „du hättest ohne Abendessen zu Bett gehen sollen."

„Ich bin nicht ohne Abendessen zu Bett gegangen", sagte der Baron, „ich bin überhaupt nicht zu Bett gegangen: Und was machst du mit diesem grünen Kleid und diesem Pfeil und Bogen?"

„Ich gehe auf die Jagd", sagte Matilda.

„A-Jagd!" sagte der Baron. „Was, ich garantiere Ihnen, dass Sie sich mit dem Earl treffen und Ihren Hals in dieselbe Schlinge stecken?"

„Nein", sagte Matilda, „ich verlasse heute nicht unseren Wald."

"Woher weiß ich das?" sagte der Baron. „Welche Sicherheit habe ich da?"

„Hier ist der Mönch", sagte Matilda. „Er wird der Bürge sein."

„Er nicht", sagte der Baron, „er wird nichts unternehmen, außer wenn es um den Teufel geht."

„Ja, das werde ich", sagte der Mönch, „ich werde alles für die Dame Matilda unternehmen."

„Egal", sagte der Baron, „sie soll heute nicht auf die Jagd gehen."

„Warum, Vater", sagte Matilda, „wenn du mich hier in diesem abscheulichen Schloss einsperrst, werde ich schmachten und sterben wie ein einsamer Schwan auf einem Teich."

„Nein", sagte der Baron, „der einsame Schwan stirbt nicht am Teich. Wenn ein Fluss in der Nähe ist, fliegt sie zum Fluss und findet einen Partner für sie. und das sollst du auch nicht tun."

„Aber", sagte Matilda, „du kannst einen oder so viele deiner Pferdeknechte mit mir schicken, wie du willst."

„Meine Stallknechte", sagte der Baron, „sind allesamt falsche Schurken. Es gibt keinen Schurken unter ihnen, der dich aber mehr liebt als mich. Schurken, die ich füttere und kleide."

„Sicherlich", sagte Matilda, „ist es nicht bösartig , mich zu lieben. Wenn es so wäre, würde es mir leid tun, dass mein Vater ein ehrlicher Mann war ." Der Baron entspannte seine Muskeln und lächelte. „Oder auch mein Liebhaber", fügte Matilda hinzu. Der Baron sah wieder grimmig aus.

„Für deinen Geliebten", sagte der Baron, „mögest du Gott danken. Er ist der arroganteste Schurke, der jemals gewildert wurde."

„Was, für die Jagd auf die Hirsche des Königs?" sagte Matilda. „Habe ich Sie nicht stundenlang über die Waldgesetze schimpfen hören?"

„Haben Sie mich jemals gehört", sagte der Baron, „mich von Haus und Land fernzuhalten? Wenn ich das getan hätte, wäre ich ein Schurke."

„Mein Geliebter", sagte Matilda, „ist ein tapferer Mann und ein wahrer Mann und ein großzügiger Mann und ein junger Mann und ein gutaussehender Mann; ja, und außerdem ein ehrlicher Mann."

„Wie kann er ein ehrlicher Mann sein", sagte der Baron, „wenn er weder Haus noch Land hat, was das Beste an einem Mann ist?"

„Sie sind nur die Schale eines Menschen", sagte Matilda, „die wertlose Hülle der Kastanie : der Mann selbst ist der Kern."

„Der Mann ist der Traubenkern", sagte der Baron, „und das Fruchtfleisch der Melone. Das Haus und das Land sind die wahre substanzielle Frucht und alles, was ihm Geschmack und Wert verleiht."

„Er wird nie ein Haus oder Land wollen", sagte Matilda, „während die Zweige ein grünes Dach in den Wald weben und die freie Weide des Hirsches die Grenzen des Waldes markiert."

„Vert und Wild! Vert und Wild!" rief der Baron aus. „Verrat und flache Rebellion. Verwirren Sie Ihr lächelndes Gesicht! Was lässt dich so gut gelaunt aussehen ? Was! Glaubst du, ich kann dich nicht ansehen und in Leidenschaft versinken? Das denkst du, oder? Wir werden sehen. Haben Sie keine Angst, so zu reden, wenn der Lehnsmann des Königs hier ist, um uns alle in Gewahrsam zu nehmen und unsere Güter und Besitztümer zu beschlagnahmen?"

„Nein, Lord Fitzwater", sagte Sir Ralph, „Sie haben mir mit Ihrem Bericht Unrecht getan. Mein Besuch dient der Höflichkeit und Entschuldigung, nicht der Drohung und Autorität."

„Da ist es", sagte der Baron, „ jeder hat Freude daran, mir zu widersprechen." Hier ist dieser höfliche Ritter, der seit seinem Aufenthalt in meinem Haus dreimal nicht den Mund aufgemacht hat, außer um Proviant zu holen, und unterbricht mich in meiner Geschichte mit einem runden Dementi."

"Oh! „Ich flehe um Gnade, Herr Ritter", sagte Matilda. „Ich habe dich vorher nicht markiert. Ich bin Ihr Schuldner für keinen geringen Gefallen , und das gilt auch für meinen Lehnsherrn."

„Ihr Lehnsherr ! " rief der Baron und machte große Schritte durch das Zimmer.

„Entschuldigen Sie, gnädige Dame", sagte Sir Ralph. „Hätte ich dich vor gestern gekannt, hätte ich mir die rechte Hand abgeschnitten, bevor ich sie hätte erheben sollen, um dir Unmut zu erregen.

„Oh Herr", sagte Matilda, „ein guter Mann wird vielleicht zu einem schlechten Amt gezwungen: aber ich kann den Mann von seiner Pflicht unterscheiden." Sie reichte ihm ihre Hand, die er respektvoll küsste, und gleichzeitig mit der Berührung bohrten sich zweiunddreißig unsichtbare Pfeile gleichzeitig in sein Herz, einer aus jedem Punkt des Kompasses seines Herzbeutels.

„Nun, Vater", fügte Matilda hinzu, „ich muss in den Wald."

"Müssen Sie?" sagte der Baron; „Ich sage, das darfst du nicht."

„Aber ich gehe", sagte Matilda

„Aber ich werde die Zugbrücke hochbringen", sagte der Baron.

„Aber ich werde den Wassergraben durchschwimmen", sagte Matilda.

„Aber ich werde die Tore sichern", sagte der Baron.

„Aber ich werde von der Zinne springen", sagte Matilda.

„Aber ich werde dich in einer oberen Kammer einsperren“, sagte der Baron.

„Aber ich werde den Wandteppich zerreißen“, sagte Matilda, „und mich im Stich lassen.“

„Aber ich werde dich in einem Turm einsperren“, sagte der Baron, „wo du nur durch eine Schießscharte Licht sehen sollst.“

„Aber durch dieses Schlupfloch“, sagte Matilda, „werde ich meine Flucht ergreifen, wie ein junger Adler aus seiner unheimlichen Lage? und, Vater, solange ich frei hinausgehe, werde ich bereitwillig zurückkehren; aber wenn ich einmal durch eine Schießscharte herausschlüpfe –“ Sie hielt einen Moment inne und fügte dann singend hinzu: „

> *Die Liebe, die folgt, ist wahr*
>
> *Wird sein Glaube niemals verraten:*
>
> *Sondern der Glaube, der in einer Kette gehalten wird*
>
> *Wird nie wieder gefunden,*
>
> *Wenn ein einzelner Link nachgibt.*

Die Melodie wirkte unwiderstehlich auf die harmonischen Neigungen des Mönchs, der dementsprechend seinerseits sang :

> *Zum Horchen! horchen! horchen!*
>
> *Der Hund bellt,*
>
> *Das beobachtet die Höhle der wilden Hirsche.*
>
> *Der Jäger erwacht im Morgengrauen,*
>
> *Aber das Versteck ist leer, das Reh ist weg,*
>
> *Und der Jäger weiß nicht wohin .*

Matilda und der Mönch sangen dann zusammen:

> *Dann folge, oh folge! Die Hunde schreien:*
>
> *Die rote Sonne flammt am östlichen Himmel:*
>
> *Der Hirsch springt über die Mulde.*
>
> *Wer im Geiste verweilt oder in der Halle herumlungert,*
>
> *Wir werden uns nicht mehr sehen, bis der Abend hereinbricht,*
>
> *Und keine Stimme außer dem Echo wird seinen Ruf beantworten.*
>
> *Dann folge, oh folge, folge:*

Während dieser Harmonie wanderten die Augen des Barons von seiner Tochter zum Mönch und wieder vom Mönch zu seiner Tochter, mit einem abwechselnden, anders abgewandelten Ausdruck des Zorns: Als er den Mönch ansah, war es Zorn ohne Einschränkung; Als er seine Tochter ansah, war es immer noch Wut, aber gemildert durch einen Ausdruck unwillkürlicher Bewunderung und Freude. Diese schnellen Schwankungen in der Physiognomie des Barons – die gewohnheitsmäßige, rücksichtslose, entschlossene Heiterkeit im fröhlichen Gesicht des Mönchs – und die fröhlichen, elastischen Geister, die auf den Lippen spielten und in den Augen von Matilda funkelten – hätten einen sehr amüsanten Eindruck gemacht Kombination zu Sir Ralph, wenn nicht eines der drei Bilder in der Gruppe seine gesamte Aufmerksamkeit mit Gefühlen intensiver Freude, die fast mit Schmerz verbunden waren, in Anspruch genommen hätte. Der Zorn des Barons wurde etwas durch die Überlegung gemildert, dass die gute Laune seiner Tochter zu zeigen schien, dass sie von Natur aus über alle Enttäuschungen triumphieren würde; und er hatte genug Erfahrung mit ihrem Humor gehabt , um zu wissen, dass sie manchmal geführt, aber niemals getrieben werden konnte. Auch sonst freute er sich immer, sie singen zu hören, auch wenn ihm in diesem Fall das Thema ihres Liedes überhaupt nicht gefiel. Dennoch hätte er das Thema wegen der Melodie des Diskanttons ertragen, aber sein Geist war nicht ausreichend auf den Gleichklang eingestellt, um die Harmonie des Basses zu genießen. Die Begleitung des Mönchs brachte ihn völlig aus der Geduld und – „ Also", rief er, „das ist doch die Art und Weise, wie du meiner Tochter beibringst, dem Teufel abzuschwören, nicht wahr?" Ein Jagdmönch, wirklich! Wer hat schon einmal von einem Jagdmönch gehört? Ein gottloser, brüllender, heulender, lächelnder, halsbrecherischer und singender Mönch?"

„Unter Gunst , kühner Baron", sagte der Mönch; aber der Mönch war warm vom Kanarienvogel und in seiner Gesangsart; und er konnte nicht in schlichter, unmusikalischer Prosa weitermachen. Deshalb sang er in einer neuen Melodie:

Waren die Tauperlen auf dem glitzernden Dorn?

Der Baron wollte stürmen, aber der Mönch hielt inne und Matilda sang wiederholt :

Wenig, ich denke an die Morgenglocke,

Aber ertränke seinen Tribut mit meinem klirrenden Horn:

Und die einzigen Perlen, die ich gerne erzähle

Sind die Tauperlen auf dem glitzernden Dorn.

Und dann sangen sie und der Mönch gemeinsam die vier Zeilen und läuteten abwechselnd die Wechsel ein.

Wenig, ich denke an die Morgenglocke,

sang der Mönch.

„Ein kostbarer Mönch", sagte der Baron.

Aber ertränke seinen Tribut mit meinem klirrenden Horn, sang Matilda.

„Noch mehr Schande für dich", sagte der Baron.

Und die einzigen Perlen, die ich gerne erzähle

Sind die Tauperlen auf dem glitzernden Dorn,

sangen Matilda und der Mönch zusammen.

„Büßer und Beichtvater", sagte der Baron, „wirklich ein hoffnungsvolles Paar."

Der Mönch fuhr fort:

Ich war ein scharfer Bogenschütze,

Wie immer lehnte er sich an einen grünen Baum;

Und könnte den flinksten Reh zum Fallen bringen,

Gut dreihundert Meter von mir entfernt.

Obwohl die Zeit wechselhaft ist, mit strenger Hand,

Hat mich nun auf diese Freuden verzichten lassen,

Doch mein Herz springt, wann immer ich es höre

Yoicks ! horch weg! und total ho!

Matilda mischte sich wie zuvor ein.

"Bist du verrückt?" sagte der Baron. "Bist du verrückt? Bist du besessen? Wie meinst du das? Was zum Teufel meint ihr beide?"

- 25 -

Yoicks ! horch weg! und total ho!

brüllte der Mönch.

Der aufgestaute Zorn des Barons hatte sich angestaut wie das Wasser über dem Damm einer oberschlächtigen Mühle. Der Teich seiner Leidenschaft war nun bis zur äußersten Grenze seines Fassungsvermögens gefüllt und begann im Zittern seiner Lippen und dem Aufblitzen seiner Augen überzulaufen, er zog alle Flashboards auf einmal hoch und ließ los Der volle Strom seiner Empörung, indem er, wie der wütende Ajax, nicht einen unordentlichen Stein ergriff, den mehr als zwei moderne Männer heben könnten, sondern eine riesige Schüssel Rindfleisch, die mehr als fünfzig alte Freibauern essen könnten, und ihn erschrocken wie ein Coit herumwirbelte , über dem Kopf des Mönchs bis ans Ende der Wohnung,

Wo es sich auf dem Eichenboden niederließ,

Mit mächtigem Lärm von schwerem Metall.

„Nein, Vater", sagte Matilda und ergriff die Hand des Barons, „tun Sie dem Mönch nichts Böses: Er will Sie nicht beleidigen. Meine Fröhlichkeit hat dir noch nie missfallen. Am allerwenigsten sollte es das jetzt tun, wo ich all meine Kräfte brauche, um die Schwere meines Vermögens zu überwiegen."

Als sie die letzten Worte sprach, traten ihr Tränen in die Augen, die sie, als schämte sie sich für den unfreiwilligen Verrat ihrer Gefühle, abwandte, um sie zu verbergen . Der Baron war sofort unterworfen. Er küsste seine Tochter, reichte dem Mönch die Hand und sagte: „Singt weiter, in Gottes Namen, und lasst die Fläschchen platzen, bis eure Stimme im Kanarienvogel schwimmt." Dann wandte er sich an Sir Ralph und sagte: „Sie sehen, wie es ist, Sir Ritter. Matilda ist meine Tochter; aber sie hat mich in der Hauptrolle, das ist die Wahrheit."

KAPITEL V

Humor des Barons oft erlebt ; aber es hatte sich bisher immer auf Worte beschränkt, in die die Gewohnheit der Gereiztheit oft mehr Ausdruck des Unmuts mischte, als das innere Gefühl dazu veranlasste. Er kannte den Baron als hitzig und cholerisch, aber gleichzeitig gastfreundlich und großzügig; Er liebte seine Tochter leidenschaftlich, vereitelte sie oft scheinbar, gab ihr aber in der Tat immer nach. Die frühe Bindung zwischen Matilda und dem Earl of Huntingdon hatte dem Baron keinen ernsthaften Grund gegeben, sich in ihre Gewohnheiten und Beschäftigungen einzumischen, die denen ihres Geliebten so gut entsprachen; und da er nicht mit der Orthodoxie überlastet war, das heißt, nicht mit mehr Salz des Geistes gewürzt war, als nötig war, um ihn vor Exkommunikation, Konfiskation und Philotheoparoptesismus zu bewahren,1 war es ihm nicht leid, die Wahl seiner Tochter zu unterstützen Ihr Beichtvater war Bruder Michael, der fröhlicher und weniger heuchlerisch war als alle anderen seiner Brüder und kaum darauf bedacht war, seine Liebe zu den guten Dingen dieser Welt unter dem Anschein einer geheiligten Erscheinung zu verbergen. Der Mönch und Matilda hatten oft gemeinsam Duette gesungen und waren daran gewöhnt, dass der Baron mit einem stürmischen Capriccio einstimmte, das normalerweise durch eine plötzliche Wendung in den Hexenmelodien von Matilda zum Schweigen gebracht wurde. Sie hatten daher, soweit ihre wilden Geister überhaupt kalkulierten, natürlicherweise mit denselben Wirkungen aus denselben Ursachen gerechnet. Aber die Umstände des Vortages hatten eine wesentliche Änderung in dem Fall bewirkt. Der Baron wusste aufgrund der Informationen, die er erhalten hatte, sehr wohl, dass das Vergehen des Grafen nicht mehr gemildert werden konnte; was weniger bedeutsam gewesen wäre, wenn nicht die schreckliche Tatsache gewesen wäre, dass sein Schloss im Besitz der Streitkräfte des Königs war, und das war in jenen Tagen der Fall deutlich mehr als elf Punkte des Gesetzes. Der Baron war daher davon überzeugt, dass die Gesetzlosigkeit des Grafen unfehlbar war und dass Matilda entweder auf ihren Geliebten verzichten oder mit ihm ein Gesetzloser und Flüchtling werden musste. Je mehr der Baron also von der Stärke und Dauer ihrer Bindung wusste, desto größer war seine Angst vor der Schwierigkeit, sie jemals überwinden zu können: Ihre Liebe zum Wald und zur Jagd, die er noch nie zuvor entmutigt hatte, zeigte sich jetzt ihn als

Anlass zu ernster Besorgnis; und wenn ihre Fröhlichkeit ihm einerseits Hoffnung gab, indem sie auf einen allen Enttäuschungen überlegenen Geist hindeutete, war sie andererseits für ihn verdächtig, da sie aus einer latenten Gewissheit entsprang, bald mit dem Grafen vereint zu sein . All diese Umstände wirkten zusammen, um ihre Lieder über die verschwundenen Hirsche und das Greenwood-Bogenschießen sowie über Yoicks und Harkaway äußerst unpassend zu machen und seinen Zorn im Kessel seines Geistes zum Kochen zu bringen und zu brodeln, bis seine überdurchschnittliche Erregung hervorbrach mit plötzlichem Impuls zur aktiven Manifestation.

Aber wie es manchmal passiert, aus der Macht

Von Wut in Köpfen, die nicht weiter gehen können,

So hoch, wie sie trotz allem aufgestiegen sind

In ihrer Remission sinken sie so tief,

Unserem kühnen Baron ist es so ergangen. 2

Denn seine diskobistische Heldentat stellte den Höhepunkt seiner Wut dar und wurde von dem unmittelbaren Gefühl abgelöst, dass er die Grenzen legitimer Leidenschaft überschritten hatte; und er sank sofort vom Höhepunkt der Opposition auf die Ebene der stillschweigenden Duldung. Die Stimmung des Mönchs sollte durch solch einen kleinen Vorfall nicht getrübt werden. Zuerst war er halb geneigt, das Kompliment des Barons zu erwidern; aber seine Liebe zu Matilda hielt ihn zurück; und als der Baron seine Hand ausstreckte, ergriff der Mönch sie herzlich, und sie übertönten jede Erinnerung an die Angelegenheit, indem sie sich gegenseitig in einem Becher Kanarienvogel verpfändeten.

Nachdem der Mönch lange genug geblieben war, um zuzusehen, wie alles in freundlicher Atmosphäre ersetzt wurde, stand er auf und machte sich auf den Weg, um sich zu verabschieden. Matilda sagte ihm, er müsse morgen wiederkommen, da sie ihm ein sehr langes Geständnis machen müsse. Dies versprach der Mönch und zog mit dem Ritter ab.

Als Sir Ralph die Abtei erreichte, versammelte er seine Anhänger und führte sie nach Locksley Castle, das er im Besitz seines Leutnants vorfand; Er ließ ihn erneut dort zurück und verfügte über eine ausreichende Streitmacht, um es im Namen des Königs sicher zu verwahren, und reiste nach London, um über die Ergebnisse seines Unternehmens zu berichten.

Nun war Heinrich, unser königlicher König, sehr wütend über das Ausweichen des Grafen und schwor beim Heiligen Thomas-a-Becket (den er selbst durch einen Schlag auf den Kopf zum Heiligen machen ließ), dass er die Burg und die Ländereien von Locksley zurückgeben würde an den Mann, der den Earl hereinbringen sollte. Daraufhin begann im Kopf des Ritters ein Denkprozess. Die Augen der schönen Jägerin von Arlingford hatten eine Wunde in seinem Herzen hinterlassen, die nur diejenige heilen konnte, die gab. Er hatte gesehen, dass der Baron keine große Vorliebe mehr für den geächteten Earl hatte, dass er aber immer noch seine alte Zuneigung für die Ländereien und das Schloss von Locksley bewahrte. Nun waren die Ländereien und die Burg an sich schon sehr schöne Dinge und würden für einen abenteuerlustigen Ritter hübsche Accessoires sein; aber sie wären als bestimmte Pässe zu Gunsten des Vaters von doppeltem Wert , was einen Schritt in Richtung der Gunst der Tochter oder zumindest in Richtung der stillschweigenden oder gewaltsamen Erlangung ihres Besitzes darstellte; denn der Ritter war in seiner Liebe nicht so freundlich, die freie Gnade der Dame als eine unabdingbare Voraussetzung zu betrachten; und daran zu denken, auf irgendeine Weise der Herr von Locksley und Arlingford und der Ehemann der bezaubernden Matilda zu sein, hieß Schneiden Sie in den Schatten der Zukunft eine Aussicht, die für einen Glücksritter sehr verlockend ist. Er machte sich in bester Laune mit einer auserwählten Gruppe von Anhängern auf den Weg und verprügelte das ganze Land weit und breit rund um die Ouse und das Trent; Aber das Glück schien nicht bereit zu sein, seinen Fleiß zu unterstützen, denn er konnte keinerlei Spuren des Grafen entdecken. Seine Anhänger, die nur mit dem Lohn der Hoffnung bezahlt wurden, begannen zu murren und abzufallen; Denn da diese unaufgeklärten Tage nichts von der glücklichen Erfindung der Papiermaschine wussten, durch die ein Zahlungsversprechen mit einem anderen Zahlungsversprechen zufriedenstellend erfüllt wird, und das wiederum mit einem anderen in unendlicher Reihe, wussten sie nicht, wie es ihre klügere Nachwelt getan hat , nehmen Sie die Zahlungsmittel für echte Bezahlung an, die nicht in Pfund Sterling waren; So saß der Ritter eines schönen Morgens an einem schönen Ufer des Trent, nur mit einem einsamen Knappen zusammen, der immer noch am Schatten der Bevorzugung festhielt, weil er im Augenblick keine besseren Chancen für die Sache sah.

Der Ritter verzweifelte nicht wegen der Desertion seiner Anhänger: Er war sich bewusst, dass er leicht Rekruten aufziehen konnte, wenn er einmal eine Spur seines Wildes finden würde; Deshalb ritt er unermüdlich über Hügel und Täler, um seinen eigenen Appetit und den seines Knappen zu steigern, lebte galant von Gasthof zu Gasthof, wenn sein Geldbeutel voll war, und quartierte sich im Namen des Königs bei der nächsten Geisterbruderschaft ein als es zufällig leer war. Ein Herbst und ein Winter waren vergangen, als ihn der Verlauf seiner Betrachtungen eines Abends in ein wunderschönes Waldtal führte, wo er eine Anzahl junger Frauen fand, die Blumenkränze webten und über ihre angenehme Beschäftigung sangen. Er ging auf sie zu und erkundigte sich höflich nach dem Weg zur nächsten Stadt.

„Im Umkreis von mehreren Meilen gibt es keine Stadt", lautete die Antwort.

„Ein Dorf also, wenn es nur groß genug wäre, um ein Gasthaus einzurichten?"

„In der Nähe liegt Gamwell , aber näher als die nächste Stadt gibt es kein Gasthaus."

„Dann eine Abtei?"

„Es gibt keine Abtei näher als das nächste Gasthaus."

„Dann ein Haus oder eine Hütte, wo ich für die Nacht Gastfreundschaft finden kann?"

"Gastfreundschaft!" sagte eine der jungen Frauen; „Sie müssen nicht weit danach suchen. Wissen Sie nicht, dass Sie sich in der Nähe von Gamwell - Hall befinden?"

„So weit gefehlt", sagte der Ritter, „dass ich den Namen Gamwell -Hall noch nie zuvor gehört habe."

Gamwell -Hall gehört ?" riefen alle jungen Frauen gleichzeitig, die sich genauso gut vorstellen konnten, dass er noch nie etwas vom Himmel gehört hatte.

„In der Tat, nein", sagte Sir Ralph; „Aber ich werde sehr glücklich sein, meine Unwissenheit loszuwerden."

„Und das werde ich auch tun", sagte sein Knappe; „denn es scheint, dass in diesem Fall Wissen einmal ein Heilmittel gegen den Hunger sein wird, unter dem ich schwer zu leiden habe."

„Und warum seid ihr so beschäftigt, meine hübschen Mädchen, diese Girlanden zu weben?" sagte der Ritter.

„Warum wissen Sie nicht, Sir", sagte eine der jungen Frauen, „dass morgen das Gamwell- Fest ist?"

Der Ritter musste erneut in aller Demut seine Unwissenheit bekennen.

"Oh! „Herr", sagte sein Informant, „dann werden Sie etwas zu sehen haben, das ich Ihnen sagen kann; denn wir werden eine Maikönigin wählen, und wir werden sie mit Blumen krönen und sie in einen Blumenwagen setzen und ihn mit Blumenlinien bespannen, und wir werden alle Bäume mit Blumen behängen und alles bestreuen der Boden mit Blumen, und wir werden mit Blumen tanzen und in Blumen und auf Blumen, und wir werden alle Blumen sein."

„Das wirst du", sagte der Ritter; „Und die süßeste und hellste aller Maiblumen, meine hübschen Mädchen." Daraufhin lächelten alle hübschen Mädchen ihn und einander an.

„Und es wird alle möglichen Maispiele geben, und es wird Preise für das Bogenschießen geben, und es wird das Ale des Ritters und das Wild der Förster geben, und es wird Kit Scrapesqueak mit seiner Geige geben und der kleine Tom Whistlerap mit seiner Pfeife und Tabor und Sam Trumtwang mit seiner Harfe und Peter Muggledrone mit seinem Dudelsack, und wie ich mit Will Whitethorn tanzen werde!" fügte das Mädchen hinzu, klatschte beim Sprechen in die Hände und sprang voller Freude über die Vorfreude vom Boden auf.

Ein großer, athletischer junger Mann näherte sich, dem die ländlichen Mädchen mit großem Respekt entgegenkamen ; und einer von ihnen teilte Sir Ralph mit, dass es sich um den jungen Master William Gamwell handelte . Der junge Herr lud den Ritter ein und führte ihn in die Halle, wo er ihn dem alten Ritter, seinem Vater, und der alten Dame, seiner Mutter, und der jungen Dame, seiner Schwester, und einer Reihe kühner Freibauern vorstellte, die lagen Belagerung von Rindfleisch, Sülze und Pflaumenkuchen an einem großen Tisch und reichliches Trinken des alten Oktobers. Über der Innentür war ein Motto eingraviert :

ISS, TRINK UND SEI FRÖHLICH:

Eine Aufforderung, der Sir Ralph und sein Knappe mit bemerkenswerter Bereitwilligkeit Folge leisteten. Der alte Sir Guy von Gamwell begrüßte Sir Ralph sehr herzlich und unterhielt ihn während des Abendessens mit einigen seiner besten Geschichten, unterstrichen durch einen gelegentlichen Schlag auf die Schulter und mit einem Pflock in die Rippen; eine Art lebhafter Beredsamkeit, in der sich der alte Herr auszeichnete und die von vielen dieser angenehmen menschlichen Gespenster , die unter dem Namen auserlesene Kerle und komische Hunde bekannt sind, für die echte, greifbare Form der Crème de la Crème gehalten wird Witz.

KAPITEL VI

Was! Sollen wir einen Einschnitt haben? sollen wir einbrühen?

—Heinrich IV.

Der alte Sir Guy von Gamwell , der junge William Gamwell , die schöne Alice Gamwell und Sir Ralph Montfaucon und sein Knappe ritten am nächsten Morgen gemeinsam zum Ort des Festes. Sie kamen auf einer Dorfwiese an, umgeben von Hütten, die zwischen den Bäumen hervorlugten, von denen die Wiese vollständig umgeben war. Der ganze Kreis war mit einer durchgehenden Blumengirlande behängt, die in unregelmäßigen Girlanden von den Zweigen herabhing. In der Mitte des Grüns stand ein Maibaum, versteckt in Zweigen und Girlanden; und eine Vielzahl von rundgesichtigen Trotteln und kirschkarierten Mädels tanzten darum herum, zur vierfachen Melodie von Scrapesqueak , Whistlerap , Trumtwang und Muggledrone : Harmonie dürfen wir es nicht nennen; denn obwohl sie sich in Bezug auf die Melodie auf eine Partnerschaft geeinigt hatten, schien jeder, wie ein wahrer, sorgfältiger Mann, entschlossen zu sein, seine Zeit für sich zu haben: Muggledrone spielte Allegretto, Trumtwang Allegro, Whistlerap Presto und Scrapesqueak Prestissimo. In ihrer Diskrepanz lag eine Art mathematisches Verhältnis: Während Muggledrone die Melodie viermal spielte, spielte Trumtwang sie fünfmal, Whistlerap sechsmal und Scrapesqueak achtmal; denn dieser setzte alle seine Konkurrenten völlig in Bedrängnis und bewegte seinen Ellenbogen tatsächlich so geschickt, dass seine Umrisse im Nebel seiner schnellen Vibration kaum zu erkennen waren.

Während der Ritter seine Augen und Ohren mit diesen angenehmen Anblicken und Geräuschen erfreute, waren alle Augen in eine Richtung gerichtet; und als sich Sir Ralph umsah, sah er eine schöne Dame in Grün und Gold durch die Bäume reiten, begleitet von einem beleibten Mönch in Grau und mehreren schönen Jungfrauen und galanten Pferdeknechten. Als sie näher kamen, erkannte er die Dame Matilda und ihren geisterhaften Berater, Bruder Michael. Eine Gruppe Förster traf aus einer anderen Richtung ein, und dann kam es zu herzlichen Begrüßungswechseln und Zusammenstößen von Händen und Lippen zwischen den Gamwells und den Neuankömmlingen : „Wie geht es meiner Schönen, Mawd ?" und „Wie geht es meinem süßen Kerl, Mawd ?" und „Wie geht es meinem wilden Kerl, Mawd ?" Und „Äh! lustiger Mönch, deine Hand, alter Junge:" und „Hier, ehrlicher Mönch:" und „Für mich, fröhlicher Mönch:" und „Mit deiner Gunst , Herrin Alice:" und „Hey! Cousin Robin:" und „Hey! Cousin Will:" und „Od's Leben! Fröhlicher Sir Guy, Sie werden jedes Jahr jünger", als der alte Ritter sie alle nacheinander mit einer Hand schüttelte und ihnen mit der anderen auf den Rücken klopfte, als Zeichen seiner Zuneigung. Eine Reihe junger Männer und Frauen näherten sich einem Blumenwagen, einige zeichneten, andere tanzten um ihn herum; Und nachdem sie Matilda eine Blumenkrone aufgesetzt hatten, grüßten sie ihre Maikönigin und zogen sie an den Ort, der für die Landspiele bestimmt war.

Unter einer Eiche stand ein großes Fass Bier, und auf einer offenen Fläche vor den Bäumen brannte ein Feuer, um die fetten Hirsche zu braten, die die Förster mitgebracht hatten. Der Sport begann; und nach einer angenehmen Reihe von Bowling, Winden, Werfen, Werfen, Rennen, Springen, Grinsen, Ringen oder freundschaftlichem Ausrenken von Gelenken und Keulenspielen oder freundschaftlichem Schädelschlagen folgte die Prüfung im Bogenschießen. Der Sieger sollte mit einem goldenen Pfeil aus der Hand der Maikönigin belohnt werden, die bis zum Ende des Festes seine Tanzpartnerin sein sollte. Dies regte den Wetteifer des Ritters an: Der junge Gamwell versorgte ihn mit Pfeil und Bogen, und er nahm seinen Platz unter den Förstern ein, hatte aber die Demütigung, von allen erschossen zu werden und zu sehen, wie einer von ihnen die Spitze seines Pfeils feststeckte im goldenen Ring der Mitte und erhalte den Preis aus der Hand der schönen Matilda, die ihn mit besonderer Anmut anlächelte. Der eifersüchtige Ritter musterte den erfolgreichen Champion mit großer Aufmerksamkeit und glaubte sicherlich, dass er dieses Gesicht schon einmal gesehen hatte. In der Zwischenzeit führte der Förster die Dame zum Bahnhof. Der glücklose Sir Ralph trank tiefe Schlucke der Liebe aus der unvergleichlichen Anmut ihrer Haltung, als sie den Bogen in ihre linke Hand nahm und mit der rechten den Pfeil justierte, ihren linken Fuß vorwärts bewegte und ihre schöne Figur mit einer leichten Bewegung sanft krümmte Von ihrem Kopf, der ihre schwarzen Federn und ihr lockiges Haar wehte, zog sie den Pfeil an die Spitze und löste ihn von ihren offenen Fingern. Der Pfeil traf den goldenen Ring so nah an dem des siegreichen Försters, dass die Spitzen sich berührten und die Federn miteinander vermischt waren. Es folgten große Beifallsrufe, und der Förster führte Matilda zum Tanz. Sir Ralph beobachtete ihre faszinierenden Bewegungen, bis die Qualen verwirrter Liebe und eifersüchtiger Wut unerträglich wurden; Er näherte sich dem jungen Gamwell und fragte ihn, ob er den Namen des Försters kenne, der den Tanz mit der Maikönigin anführte.

„Robin, ich glaube", sagte der junge Gamwell nachlässig; „Ich glaube, sie nennen ihn Robin."

„Ist das alles, was Sie über ihn wissen?" sagte Sir Ralph.

„Was sollte ich noch mehr über ihn wissen?" sagte der junge Gamwell .

„Dann kann ich Ihnen sagen ", sagte Sir Ralph, „er ist der geächtete Earl of Huntingdon, auf dessen Kopf ein so hoher Preis ausgesetzt ist."

„Ja, ist er das?" sagte der junge Gamwell auf die gleiche nachlässige Weise.

„Er war eine lohnende Trophäe", sagte Sir Ralph.

„Kein Zweifel", sagte der junge Gamwell .

„Wie denken Sie?" sagte Sir Ralph: „Sind die Förster seine Anhänger?"

„Das kann ich nicht sagen", sagte der junge Gamwell .

„Ist Ihre Bauernschaft loyal und wohlgesonnen?" sagte Sir Ralph.

„Durchgehend treu", sagte der junge Gamwell .

„Wenn ich sie im Namen des Königs anrufen würde", sagte Sir Ralph, „glauben Sie, dass sie mir helfen würden?"

„Höchstwahrscheinlich würden sie das tun", sagte der junge Gamwell , „auf der einen oder anderen Seite."

„Ja, aber auf welcher Seite?" sagte der Ritter.

„Das muss noch versucht werden", sagte der junge Gamwell .

„Ich habe den Auftrag von König Heinrich", sagte der Ritter, „diesen Grafen festzunehmen." Wie würden Sie mir raten, zu handeln, wenn ich, wie Sie sehen, ohne begleitende Gewalt auskomme?"

„Ich würde Ihnen raten", sagte der junge Gamwell , „sich unverzüglich zu entfernen, es sei denn, Sie würden den Geschmack einer Pfeilsalve, eines Steinregens und eines Hagelsturms von Keulenschlägen genießen, die Sie nicht abweisen würden." von einem Gott, der König Heinrich rettet."

Sir Ralphs Knappe hörte dies kaum und erkannte an den Blicken des Sprechers, dass er sich wahrscheinlich nicht als falscher Prophet erweisen würde, da gab er seinem Pferd die Sporen und galoppierte mit voller Kraft davon. Dies gab dem Ritter einen guten Vorwand, ihn zu verfolgen, was er mit großer Eile tat, indem er rief: „Halt, du Schlingel." Als der Knappe glaubte, er sei außerhalb der Reichweite der Verfolger, bremste er seine Geschwindigkeit und ließ den Ritter herankommen. Schweigend ritten sie mehrere Meilen weiter, bis sie die Türme und Türme von Nottingham entdeckten, wo sich der Ritter dem Sheriff vorstellte und eine Streitmacht verlangte, um bei der Festnahme des verbotenen Earl of Huntingdon zu helfen. Der Sheriff, der bereit war, seinen Anteil an der Beute zu haben, beschloss, den Ritter persönlich zu begleiten, und bewirtete ihn und seinen Mann mit einem guten Vorrat der Besten; Danach machten sie sich mit einem starken Gefolge von fünfzig Männern auf den Weg zum Gamwell-Fest.

„Gott ist mein Leben", sagte der Sheriff, während sie weiterritten, „ich hatte die gleiche Erleichterung, die Sie mir von einem Tellerservice erzählen würden. Ich bezweifle sehr, dass dieser geächtete Earl, dieser Förster Robin, nicht der Mann ist, den sie Robin Hood nennen, der sich im Sherwood Forest niedergelassen hat und der bei dem Versuch, mich festzunehmen, mehrmals ins Unglück gestürzt ist. Er hat eine Schar von enterbten Verschwendern, geächteten Schuldnern, exkommunizierten Ketzern, älteren Söhnen, die alles ausgegeben haben, was sie hatten, und jüngeren Söhnen, die nie etwas zum Ausgeben hatten, zusammengestellt; und mit diesen tötet er die Hirsche des Königs und plündert wohlhabende Reisende um fünf Sechstel ihres Geldes; aber wenn es Äbte oder Bischöfe sind, plündert er sie völlig."

Anschließend erzählte der Sheriff seinem Begleiter das Abenteuer des Abtes von Doubleflask (das einige bedeutende Historiker vom Abt von Saint Mary's und andere vom Bischof von Hereford erzählt haben): wie der Abt in Begleitung von in seine Abtei zurückkehrte Sein hoher Selerer , der in seinem Portmanteau die Pachtzinsen der Abteiländer trug, und mit einem zahlreichen Gefolge von Dienern stießen auf vier scheinbare Bauern, die an der Königsstraße das Wildbret des Königs brieten: wie, in gerechter Empörung über diese Offensive Er fragte sie, was sie damit meinten, weil sie gegen die Forstgesetze verstoßen hätten, und sie antworteten, sie hätten vor, zu Abend zu essen: Wie er befahl, sie zu ergreifen und zu fesseln und sie gefangen nach Nottingham zu führen, damit sie wüssten, wozu Wildfleisch bestimmt sei Vorsehung für erlaubte und privilegierte Gelüste und nicht für den niederträchtigen Hunger unqualifizierter Schurken: wie sie um Gnade beteten und wie der Abt bei der heiligen Nächstenliebe schwor, ihnen keines zu zeigen; wie einer von ihnen daraufhin ein Signalhorn unter seinem hervorzog Er zog seinen Kittel an und blies drei Schüsse, woraufhin der Abt und sein Gefolge augenblicklich von sechzig grünen Bogenschützen umzingelt waren; wie sie ihn an einen Baum banden und ihn die Messe für ihre Sünden lesen ließen; wie sie ihn losbanden und niedersetzten mit ihnen zum Abendessen und gab ihm Wildbret und Wildgeflügel und Wein und ließ ihn das ganze Geld in seinem hohen Selerer- Mantel für seine Kost bezahlen und zwang ihn, die ganze Nacht unter einem Baum in seinem Umhang zu schlafen und das Haus zu verlassen Morgens trug er seinen Umhang hinter sich: Wie der Abt, leicht in der Tasche und schwer im Herzen, das Land auf Robin Hood erhob, denn so hatte er den Oberförster von seinen Männern rufen hören und ihn in das Häuschen einer alten Frau gejagt: Wie Robin mit der alten Frau die Kleider wechselte, und wie der Abt in großem Triumph nach Nottingham ritt, wobei er eine alte Frau in einem grünen Wams und Kniebundhosen in Gewahrsam hatte: wie die alte Frau sich selbst entdeckte: wie die Fröhlichen von Nottingham den Abt auslachten: wie die Der Abt schimpfte über die alte Frau, und wie die alte Frau den Abt übertrumpfte und ihm erzählte, dass Robin ihr den ganzen Winter über Essen und Feuer gegeben hatte, was kein Abt jemals tun würde, sondern es ihr lieber für das, was er nannte, wegnehmen würde das Wohl der Kirche, womit er seine eigene Faulheit und Völlerei meinte; und dass sie einen wahren Mann von einem falschen Dieb und einen freien Förster von einem gierigen Abt unterscheiden konnte.

„ So sehen Sie", fügte der Sheriff hinzu, „wie dieser Bösewicht die verblendeten Menschen pervertiert, indem er sie glauben lässt, dass diejenigen, die ihnen zu ihrem geistigen und weltlichen Nutzen den Zehnten und Zoll zahlen, nicht ihre besten Freunde und väterlichen Vormunde sind; denn er ist der Ansicht, dass er, indem er den Burschen und alten Frauen gibt, was er von Priestern und Adligen nimmt, den ersteren nur das zurückgibt, was die letzteren ihnen genommen haben; und das nennt der unverschämte Kerl Verteilungsgerechtigkeit. Urteilen Sie jetzt, ob ein treuer Untertan in einer solchen Nachbarschaft sicher sein kann ."

Während der Sheriff seinen Begleiter auf diese Weise über die Übeltäter aufklärte und seine eigene Empörung gegen sie schürte, sank die Sonne schnell im Westen. Sie ritten weiter, bis sie in Sichtweite einer Brücke kamen, auf der sich von der gegenüberliegenden Seite eine Gruppe näherte, und der Ritter entdeckte bald, dass die Gruppe aus der Dame Matilda und dem Mönch Michael, dem jungen Gamwell , Cousin Robin und etwa der Hälfte bestand. ein Dutzend Förster. Der Ritter zeigte dem Sheriff den Earl, der ausrief: „Hier haben wir also eine leichte Beute für ihn." und sie ritten mannhaft weiter zur Brücke, auf der die andere Gruppe Halt machte.

„Wer sind diese", sagte der Mönch, „die so schnell hierher reiten? Nun, wie Gott mich richten wird, sind es dieser falsche Ritter Sir Ralph Montfaucon und der Sheriff von Nottingham mit einer Gruppe Männer. Wir müssen unseren Posten gutmachen und zulassen, dass sie uns verdrängen, wenn sie wollen."

Die beiden Parteien waren nun nahe genug, um zu verhandeln; und der Sheriff und der Ritter, die an der Spitze der Kavallerie vorrückten, forderten die Dame, den Mönch, den jungen Gamwell und die Förster auf, diesen falschen Verräter, Robert, den ehemaligen Earl of Huntingdon, auszuliefern. Robert selbst antwortete, indem er einen Pfeil abfeuerte, der den Boden zwischen den Vorderpfoten des Pferdes des Sheriffs traf. Das Pferd bäumte sich von dem Sausen auf und ließ den Sheriff in den Staub fallen; und gleichzeitig begünstigte die schöne Matilda den Ritter mit einem Pfeil in seinem rechten Arm, der ihn zwang, sich aus dem Kampf zurückzuziehen. Seine Männer hoben den Sheriff vorsichtig hoch und setzten ihn wieder auf sein Pferd, das er sofort mit großer Wut und Eifer zum Angriff anspornte, mit seinen fünfzig Männern auf den Fersen, von denen einige auf ihrem Vormarsch von den Pfeilen der Förster abgefangen wurden und Matilda;

während der Mönch mit einem acht Fuß langen Stab den Sheriff ein zweites Mal verdrängte und mit der ganzen Kraft der militanten Kirche auf Erden auf ihn losging, trotz seiner Ausrufe: „Hey, Bruder Michael! Was bedeutet das, ehrlicher Mönch? Halt, Geistermönch! Warte, heiliger Mönch!" – bis Matilda dazwischenkam und den misshandelten Sheriff der Obhut der Förster übergab. Der Mönch schwang weiterhin seinen Stab zwischen den Männern des Sheriffs herum, schlug einen nieder, brach einem anderen die Rippen, verrenkte einem dritten die Schulter, drückte einem vierten die Nase platt, brach einem fünften den Schädel und warf einen sechsten in den Fluss. bis die wenigen, die das Glück hatten, mit ganzen Knochen davonzukommen, ihren Pferden die Sporen gaben und unter einer Abschiedssalve von Pfeilen um ihr Leben flohen.

Sir Ralphs Knappe war unterdessen froh über den Vorwand, die Wunde seines Herrn zu versorgen, um der Schlacht fernzubleiben; und er bereitete dem armen Ritter große unnötige Schmerzen, indem er sich so viel Mühe wie möglich machte, den Pfeil herauszuziehen, was er nicht geschafft hatte, als Matilda näher kam, ihn mit großer Leichtigkeit herauszog und die Wunde mit ihrem Schal verband. und sagte: „Ich hole meinen Pfeil zurück, Herr Ritter, der dort einschlug, wo ich ihn hinzielte, um Sie zu ermahnen, von Ihrem Unternehmen abzusehen." Ich hätte es genauso gut in dein Herz legen können."

„Das war nicht nötig", sagte der Ritter mit reumütiger Tapferkeit; „Du hast dort schon eins hinterlegt."

„Wenn du sagen willst, dass du mich liebst", sagte Matilda, „dann ist das mehr, als ich jemals tun würde. Aber wenn du deine Liebe zeigen willst, indem du meine Liebe nicht weiter beeinträchtest, wirst du zumindest meine Dankbarkeit verdienen."

Der Ritter verzog das Gesicht unter dem doppelten Schmerz von Herz und Körper, der gleichzeitig durch den materiellen oder kriegerischen und den metaphorischen oder erotischen Pfeil verursacht wurde, wobei letzterer dadurch durch eine eher aufrichtige als schmeichelhafte Erklärung unterbrochen wurde; aber er wollte die Dankbarkeit der Dame nicht so in Anspruch nehmen, dass alle Hoffnungen auf ihre Liebe zunichte gemacht würden: Er schwieg daher; und die Dame und ihre Eskorte überließen ihn und den Sheriff der Obhut des Squires und ritten weiter, bis sie in Sichtweite von Arlingford Castle kamen, wo sie sich in verschiedene Richtungen trennten. Der Mönch ritt allein davon; Und nachdem die Förster ihn aus den Augen verloren hatten, hörten sie seine Stimme durch die Dämmerung singen:

Ein Stab, ein Stab, aus einem jungen Eichenholz,

Das ist sowohl stämmig als auch steif,

Ist alles, was ein guter Mönch verlangen kann ?

Um einen stolzen Sheriff zu schrumpfen .

Und du, feiner Kerl , der so geschmeckt hat

Vom Grünholzspiel des Försters,

Verschwende deine Zeit nicht in Eile

Auf der Suche nach mehr Geschmack vom Gleichen:

Oder das kann ich dir vorlesen und dich gut rätseln,

Du solltest bei weitem besser der Teufel in der Hölle sein,

   Als der Sheriff von Nottinghame .

Kapitel VII

Nun, Master Sheriff, was ist Ihr Wille mit mir?

—Heinrich IV.

Matilda hatte gegenüber dem Baron ihren Standpunkt vertreten und sich unter ihrem festen Versprechen, nach Hause zurückzukehren, frei bewegen können, wohin sie wollte; Sie war eine Art Gefangene auf Bewährung: Sie hatte diesen Ablass durch eine überholte Angewohnheit erlangt, immer die Wahrheit zu sagen und ihr Wort zu halten, die unser aufgeklärtes Zeitalter zusammen mit anderen Barbarei abgelegt hat, die aber dazu führte, dass sie ihrem Vater die Wahrheit gab Er hatte großes Vertrauen in sie und konnte nicht umhin, ihr Wort für eine bessere Sicherheit zu halten als Schlösser und Riegel.

Der Baron war einer der letzten gewesen, der von den Gerüchten über die neuen Gesetzlosen von Sherwood gehört hatte, da Matilda alle möglichen Vorkehrungen getroffen hatte, um diese Gerüchte vor ihm geheim zu halten , aus Angst, sie könnten ihre Greenwood-Freiheit beeinträchtigen; und erst während ihrer Abwesenheit beim Gamwell- Fest vergaß der Butler, der durch den Alkohol aus der Fassung gebracht wurde, ihre Anweisungen und erzählte dem Baron eine lange Geschichte über das wirklich lustige Abenteuer von Robin Hood und dem Abt von Doubleflask .

Eines Morgens bahnte sich der Baron, wie gewöhnlich, tapfer seinen Weg durch einen Wall voller kalter Vorräte, als ihm plötzlich ein gewaltiger Lärm in die Ohren drang, und als er sich auf den Weg machte und von seiner Burgmauer aus blickte, bemerkte er eine große Gruppe bewaffneter Männer auf der anderen Seite des Grabens, die im Namen des Königs den Wärter aufforderten, die Zugbrücke herunterzulassen und das Fallgitter anzuheben, die beide auf Matildas Befehl gesichert worden waren. Der Baron ging die Zinne entlang, bis er diesen unerwarteten Besuchern gegenüberstand, die, sobald sie ihn sahen, riefen: „Lass die Zugbrücke herunter, im Namen des Königs.“

„Wofür, im Namen des Teufels?“ sagte der Baron.

„Der Sheriff von Nottingham“, sagte einer, „liegt schwer verletzt im Bett, und viele seiner Männer sind verwundet und mehrere von ihnen getötet; und Sir Ralph Montfaucon , Ritter, ist am Arm schwer verletzt; und wir werden beauftragt, William Gamwell den Jüngeren aus Gamwell Hall, Vater Michael aus Rubygill Abbey und Matilda Fitzwater aus Arlingford Castle als Agenten und Komplizen bei dem besagten Bruch des königlichen Friedens festzunehmen.“

„Verstoß gegen den Geigenstock des Königs!" antwortete der Baron. „Was meinst du damit, mit deinem Schwanz und deinem Bullen hierher zu kommen, Geschichten darüber, wie meine Tochter den Sheriff von Nottingham schwer verletzt hat? Du bist eine Gruppe getarnter Vagabunden. und ich höre übrigens, dass es eine Diebesbande gibt, die sich gerade in Sherwood Forest niedergelassen hat: eine wirklich hübsche Präsenz, um mit Gewalt und Waffen in mein Schloss einzudringen und eine Hungersnot in meiner Butter anzurichten, und a Dürre in meinem Keller und eine Leere in meinem Tresor und ein Vakuum in meiner silbernen Spülküche."

„Lord Fitzwater", rief einer, „passen Sie auf, wie Sie sich der rechtmäßigen Autorität widersetzen: wir werden uns beweisen –"

„Ihr werdet euch als arrogante Schurken erweisen, daran zweifle ich nicht", antwortete der Baron; „Aber, Schurken, ihr werdet von mir schlimmer verletzt werden als je zuvor der Sheriff von meiner Tochter (wirklich eine schöne Geschichte!), wenn ihr mein Territorium nicht sofort meidet."

Inzwischen waren die Männer des Barons mit Langbögen und Armbrüsten, Schleudern und Steinen und Matilda mit Bogen und Köcher an der Spitze zu den Zinnen geströmt. Da die Angreifer die Burg so gut verteidigt fanden, hielten sie es für angebracht, sich zurückzuziehen, bis sie mit größerer Kraft zurückkehren konnten, und ritten zur Abtei von Rubygill , wo sie ihren Auftrag dem Vaterabt mitteilten, der, nachdem er sich von ihrer Legitimität überzeugt hatte, und über die Anschuldigungen betrogen, sagte er, dass zweifellos Bruder Michael abscheulich beleidigt worden sei; aber es war nicht Sache des Zivilrechts, die Verfehlungen eines heiligen Mönchs zur Kenntnis zu nehmen; dass er ein Mönchskapitel zusammenrufen und dem Täter eine seiner Straftat angemessene Strafe auferlegen würde. Die Ziviljustizminister sagten, das gehe nicht. Der Abt sagte, es würde genügen und sollte; und befahl ihnen, die Sanftmut seiner katholischen Nächstenliebe nicht zu provozieren, um sie unter den Fluch Roms zu legen. Diese Drohung zeigte Wirkung, und die Gruppe ritt nach Gamwell -Hall, wo sie die Gamwells und ihre Männer gerade beim Abendessen antrafen, das sie sich die Mühe des Essens ersparten, indem sie es im Namen des Königs selbst verzehrten, nachdem sie es zuvor eingenommen hatten und fesselte den jungen Gamwell ; All dies gelang ihnen dank ihrer Überzahl, obwohl die Gamwelliten ihren jungen Herrn und seine Vorräte äußerst energisch verteidigten .

Der Baron verhörte inzwischen, nachdem die Justizminister gegangen waren, Matilda über die angebliche Tatsache der schweren Verletzung des Sheriffs von Nottingham. Matilda erzählte ihm die ganze Geschichte des Gamwell- Festes und ihrer Schlacht auf der Brücke, die ihren Ursprung in einem Plan des Sheriffs von Nottingham hatte, einen der Förster in Gewahrsam zu nehmen.

„Ja! Ja!" sagte der Baron, „und ich schätze, wer dieser Förster war; aber dieser Mönch ist wirklich ein verzweifelter Kerl. Ich hätte nicht gedacht, dass unter einem grauen Kleid so viel Tapferkeit stecken könnte . Und so hast du den Ritter am Arm verletzt. Du bist ein wildes Mädchen, Mawd – ein Teil des alten Blocks, Mawd . Ein wildes Mädchen und ein wilder Mönch und drei oder vier Förster, allesamt wilde Burschen, um eine Brücke gegen einen zahmen Ritter, einen zahmen Sheriff und fünfzig zahme Knappen zu halten; Bei diesem Licht hat man so etwas noch nie gehört! Aber weißt du, Mawd , du darfst nicht mehr so herumlaufen, süßer Mawd : du musst zu Hause bleiben, du musst es dir gemütlich machen; Denn da ist auf der einen Seite Ihr zahmer Sheriff, der Sie zwangsläufig mitnehmen wird; und da ist auf der anderen Seite dein wilder Förster, der dich ganz ohne Gewalt mitnehmen wird, Mawd : dein wilder Förster, Robin, Cousin Robin, Robin Hood von Sherwood Forest, der Bischöfe schlägt und fesselt, Netze für Erzbischöfe ausbreitet, und jagt einen fetten Abt, als wäre er ein Bock: zweifellos ein ausgezeichnetes Wild, aber in solcher Gesellschaft darf man nicht mehr jagen. Ich sehe es jetzt: Wirklich, ich hätte schon vorher vermuten können, dass der kühne Gesetzlose Robin, der höflichste Robin, der neue Dieb von Sherwood Forest, Ihr Liebhaber war, der damalige Graf: Ich hätte es vielleicht schon vorher erraten und was Sie dazu geführt hat so viel zum Wald; aber in solcher Gesellschaft jagt man nicht mehr. Keine Maispiele und Gamwell- Feste mehr. Mein Land und meine Burg würden durch ein paar weitere solcher Streiche verloren gehen; und ich denke, sie sind genauso gut in meinen Händen wie die des Königs, ganz genauso."

„Weißt du, Vater", sagte Matilda, „die Bedingung, mich zu Hause zu behalten: Ich komme raus, wenn ich kann, und nicht auf Bewährung."

„Ja! Ja!" sagte der Baron, „wenn du kannst; Sehr wahr: Wache und Schutz, Mawd , Wache und Schutz ist mein Wort: Wenn du kannst, gehört es dir. Die Marke ist gesetzt, also starten Sie fair."

Der Baron hätte eine Stunde lang so weitergemacht; aber der Mönch erschien mit einem langen Eichenstab in der Hand und sang:

> *Trinken und singen und essen und lachen,*
>
> *Und so ziehen Sie in die Schlacht:*
>
> *Fur die Spitze eines Schadels und das Ende eines Stabes*
>
> *Machen Sie eine geisterhafte Rassel.*

„Ho! ho! Mönch!" sagte der Baron – „ singender Mönch, lachender Mönch, brüllender Mönch, kämpfender Mönch, hackender Mönch, schlagender Mönch; knacken, knacken, knacken, Bruder; Witze-, Flaschen- und Schädelknacker-Mönch!"

„Und ho! ho!" sagte der Mönch: „mutiger Baron, alter Baron, robuster Baron, wortgewandter Baron, langer Baron, starker Baron, mächtiger Baron, flatterhafter Baron, verwirrter Baron, verrückter Baron, gehackter Baron, durchgeknallter Baron; gebrochener, gebrochener, gebrochener Baron; knochen-, wandleuchter-, hirnrissiger Baron!"

„Was meinst du damit", sagte der Baron, „Schlägermönch, wenn du mich gehackt und geschlagen nennst?"

„Waren Sie nicht in den Kriegen?" sagte der Mönch, „wo derjenige, der unversehrt davonkommt, seinen Fersen mehr Ehre macht als seinen Armen." Ich würdige Ihren Mut , Sie als gehackt und verprügelt zu bezeichnen."

„Ich wurde in meinem Leben noch nie verprügelt", sagte der Baron; „Ich blieb mannhaft standhaft und bedeckte meinen Körper mit meinem Schwert. Wenn ich tatsächlich das Glück gehabt hätte, einem kämpfenden Ordensbruder zu begegnen, wäre ich vielleicht niedergestreckt worden, und das sogar noch schlimmer; aber ich halte mich für zwei Laien ebenbürtig; Es braucht neun kämpfende Laien, um einen kämpfenden Ordensbruder zu werden."

„Woher kommst du jetzt, heiliger Vater?" fragte Matilda.

„Von Rubygill Abbey", sagte der Mönch, „wohin ich nie zurückkehre:

> *Denn ich muss eine Einsiedlerzelle suchen,*
>
> *Wo ich allein bin, können meine Perlen sagen,*
>
> *Und auf den Wight, dem es so ergeht*
>
> *Erhebe einen Tribut für meine gespenstischen Gebete ,*
>
> *Erhebe eine Maut, erhebe eine Maut,*
>
> *Erheben Sie eine Gebühr für meine gespenstischen Gebete .*

„Was ist dann los, Vater?" sagte Matilda.

„Das ist die Sache", sagte der Mönch, „meine heiligen Brüder haben ein Kapitel über mich abgehalten und mich zu sieben Jahren Weinentzug verurteilt. Daher hielt ich es für angebracht, mich zu entfernen, was sie am liebsten verboten hätten. Ich wurde gezwungen, mit meinen Mitarbeitern den Weg freizumachen. Ich habe meine innig geliebten Brüder schwer geschlagen: Ich trauere darüber; aber sie haben mich dazu gezwungen. Ich habe sie oft geschlagen; Ich habe sie rechts und links gemäht und sie wie ein schlecht abgeerntetes Weizenfeld zurückgelassen, Ähren und Stroh, die in alle Richtungen zeigten, einzeln verstreut und in Massen durcheinander; Und so verabschiedeten sie sich von ihnen und sagten: Friede sei mit euch! Aber ich darf nicht zögern, sonst droht mir Gefahr. Lebe wohl, süße Matilda; und lebe wohl, edler Baron; Und lebe wohl, wieder süße Matilda, das A und O von Vater Michael, der Erste und der Letzte."

„Leb wohl, Vater", sagte der Baron etwas sanfter; „Und Gott sende euch, dass ihr niemals von mehr als fünfzig Männern gleichzeitig angegriffen werdet."

„Amen", sagte der Mönch, „diesem guten Wunsch."

„Und wir werden uns wiedersehen, Vater, darauf vertraue ich", sagte Matilda.

„Wenn der Sturm vorbei ist", sagte der Baron.

„Zweifle nicht daran", sagte der Mönch, „obwohl das überschwemmte Trent zwischen uns lag und fünfzig Teufel die Brücke bewachten."

Er küsste Matildas Stirn und ging ohne ein Lied davon.

KAPITEL VIII

Lass den Galgen für den Hund klaffen, lass den Menschen frei.
—*Heinrich V.*

Gamwell -Hall war ein Page aufgewachsen , der, als er klein war, Little John genannt wurde und auch weiterhin so genannt wurde, nachdem er einen Fuß größer geworden war als alle anderen Männer im Haus. Er war ganze zwei Meter hoch. Seine Breite war seiner Länge würdig, und seine Stärke war beidem würdig; und obwohl er von Beruf ein ehrlicher Mann war, hatte er zum Nutzen des Hauses seines Herrn und zur Verbesserung seines eigenen Auges und seiner Hand das Bogenschießen auf den Hirschen des Königs geübt, bis sein Ziel im Umkreis von zwei Meilen unfehlbar geworden war. Er hatte mannhaft für die Verteidigung seines jungen Herrn gekämpft, nahm sich seine Gefangenschaft sehr zu Herzen und verfiel in bittere Trauer und grenzenlose Wut, als er hörte, dass er in Nottingham vor Gericht gestellt und zum Tode verurteilt worden war . Alice Gamwell schrieb auf Wunsch von Little John drei Briefe mit einem Tenour ; und Little John, nachdem er sie an drei stumpfen Pfeilen befestigt hatte, sattelte das flinkste Ross in den Ställen des alten Sir Guy von Gamwell , bestieg sein Pferd und ritt zuerst nach Arlingford Castle, wo er einen der drei Pfeile über die Zinnen schoss; dann zur Rubygill Abbey, wo er den zweiten in den Abteigarten schoss; dann zurück an Gamwell -Hall vorbei bis zum Rand des Sherwood Forest, wo er den dritten in den Wald schoss. Nun zündete der erste dieser Pfeile den Nacken von Lord Fitzwater und blieb fest zwischen seiner Haut und seinem Kragen hängen; der zweite prallte mit der hohlen Vibration eines Trommelstocks vom rasierten Wandleuchter des Abtes von Rubygill ab ; und der dritte ragte senkrecht in die Mitte einer Wildbretpastete, in die Robin Hood einen Einschnitt machte.

Matilda rannte zu ihrem Vater in den Hof von Arlingford Castle, ergriff den Pfeil, zog den Brief heraus und versteckte ihn an ihrer Brust, bevor der Baron Zeit hatte, sich umzusehen, was er unter vielen Ausdrucksformen seiner Wut gegen den frechen Schurken tat, der hatte ihm einen stumpfen Pfeil in den Nacken geschossen.

„Aber weißt du, Vater", sagte Matilda, „ein scharfer Pfeil an derselben Stelle hätte dich getötet; Daher war es sehr rücksichtsvoll, ein stumpfes Exemplar zu schicken."

„Rücksichtsvoll, mit aller Macht!" sagte der Baron. „Woher kam die Überlegung, es überhaupt zu schicken? Dies sind einige der Streiche Ihres Försters. Er hat dich im Wald vermisst, seit ich dich bewacht habe, und als Liebesbeweis und Erinnerung an dich schießt er zufällig auf mich."

Der Abt von Rubygill nahm den Raketen- oder Botenpfeil, der von seiner geschorenen Krone abprallte, mit sehr unheimlicher Miene in die Hand Verfluchung über den Absender, die er plötzlich mit einem frommen und tröstenden Nachdenken über die Güte der Vorsehung widerlegte, die ihn mit einem so dicken Schädel gesegnet hatte, dem er nun für die zeitliche Erhaltung zu danken war, wie zuvor für die spirituelle Förderung. Er öffnete den Brief, der an Vater Michael gerichtet war; und stellte fest, dass es eine Andeutung enthielt, dass William Gamwell am Montag in Nottingham gehängt werden sollte.

„Und ich wünschte", sagte der Abt, „Pater Michael würde mit ihm gehängt werden: einem undankbaren Monster, nachdem ich ihn aus den Fängen der Ziviljustiz gerettet hatte, um meine Nachsicht zu belohnen, indem ich in der heiligen Bruderschaft keinen Knochen unversehrt ließ." von Rubygill ."

Robin Hood entlockte seiner Wildpastete eine ähnliche Andeutung des bösen Schicksals seines Cousins, den er, wenn möglich, aus den Klauen des Cerberus retten wollte.

Gamwell beizuwohnen . Er ritt zum erhabenen Bauwerk der vergeltenden Themis, wie die Franzosen einen Galgen nennen, mit dem ganzen Stolz und Prunk der Schreierei und mit einem prächtigen Gefolge gut ausgerüsteter Schurken und Knechte, wie unsere Vorfahren ehrliche Diener nannten.

Der junge Gamwell wurde mit auf dem Rücken gefesselten Armen hervorgebracht; seine Schwester Alice und sein Vater, Sir Guy, betreuen ihn in trostloser Stimmung. Er hatte den vom Sheriff bereitgestellten Beichtvater abgelehnt und auf dem Privileg bestanden, seinen eigenen zu wählen, den Little John zu bringen versprochen hatte. Der kleine John war jedoch noch nicht erschienen, als die verhängnisvolle Prozession ihren Marsch begann; Doch als sie den Hinrichtungsort erreichten, erschien Little John, begleitet von einem gespenstischen Mönch.

„Sheriff", sagte der junge Gamwell , „lass mich nicht mit gefesselten Händen sterben: Gib mir ein Schwert und setze alle Übermacht deiner Männer gegen mich ein, und lass mich den Tod eines Mannes sterben, wie der Nachkomme eines Adelshauses." , das noch nie mit Schmach befleckt war."

„Nein, nein", sagte der Sheriff; „Ich habe es satt, Quoten gegen dich zu setzen. Ich habe geschworen, dass du gehängt werden sollst, und gehängt wirst du auch."

„Dann sei Gott mir gnädig", sagte der junge Gamwell ; „Und nun, heiliger Mönch, vernichte meine sündige Seele."

Der Mönch näherte sich.

„Lassen Sie mich diesen Mönch sehen", sagte der Sheriff. „Wenn er der Mönch von der Brücke ist, hätte ich so etwas wie den Teufel in Nottingham; aber er wird finden, dass ich hier zu viel für ihn bin."

„Der Mönch von der Brücke", sagte Little John, „war, wie Sie sehr gut wissen, Sheriff, Pater Michael von Rubygill Abbey, und Sie können leicht erkennen, dass dies nicht der Mann ist."

„Ich sehe es", sagte der Sheriff; „Und Gott sei Dank für seine Abwesenheit."

Der junge Gamwell stand am Fuß der Leiter. Der Mönch näherte sich ihm, schlug sein Buch auf, stöhnte, hob das Weiße seiner Augen, warf die Arme in die Luft und sagte: „Dominus vobiscum." Dann verschränkte er beide Hände auf der Brust unter den Falten seines heiligen Gewandes und stand einige Augenblicke wie im inneren Gebet da. Ein tiefes Schweigen unter der anwesenden Menge begleitete diese Aktion des Mönchs; nur unterbrochen vom hohlen Ton der Totenglocke, in langen und trostlosen Abständen. Plötzlich warf der Mönch sein heiliges Gewand ab und es erschien ein grün gekleideter Förster mit einem Schwert in der rechten und einem Horn in der linken Hand. Mit dem Schwert durchtrennte er die Fesseln von William Gamwell , der einem der Männer des Sheriffs sofort ein Schwert entriss; und mit dem Horn blies er einen lauten Ton, der sofort von vier Signalhörnern aus den Vierteln der vier Winde beantwortet wurde, und aus jedem Viertel kamen fünfundzwanzig Bogenschützen, alle in einer Reihe rennend.

"Verrat! Verrat!" rief der Sheriff. Der alte Sir Guy sprang an die Seite seines Sohnes, und Little John ebenfalls; und die vier standen Rücken an Rücken und hielten den Sheriff und seine Männer in Schach, bis die Bogenschützen auf Schussweite kamen und ihre Pfeile zwischen die Männer des Sheriffs schleudern, die nach kurzem Widerstand in alle Richtungen flohen. Der Förster, der den Mönch verkörpert hatte, schickte einen Pfeil auf den fliegenden Sheriff und rief mit kräftiger Stimme: „Auf den linken Arm des Sheriffs, als Andenken an Robin Hood." Der Pfeil erreichte sein Ziel; Der Sheriff verdoppelte seine Geschwindigkeit und hielt mit dem einen Pfeil im Arm nicht inne, um zu atmen, bis er außer Reichweite eines anderen war.

Die Förster verschwendeten keine Zeit in Nottingham, sondern befanden sich bald in einiger Entfernung von den Mauern. Sir Guy kehrte mit Alice nach Gamwell -Hall zurück; Da sie jedoch dachten, dass er dort wegen des Anteils, den er an der Rettung seines Sohnes gehabt hatte, nicht sicher sein würde, blieben sie nur lange genug, um sich mit Kleidung und Geld zu versorgen, und reisten unter der Eskorte von Little John zu einem anderen

Sitz der Gamwells in ab Yorkshire. Der junge Gamwell ging davon aus, dass sein Vergehen nicht mehr geheilt werden konnte, und beschloss, sich Robin Hood anzuschließen, und begleitete ihn in den Wald, wo es für zweckmäßig erachtet wurde, seinen Namen zu ändern. und er wurde ohne Priester und mit Wein statt Wasser auf den unsterblichen Namen Scarlet umgetauft.

KAPITEL IX

Wer hat meinen Mann in die Aktien gesetzt?———

Ich habe ihn dorthin gebracht, Sir, aber seine eigenen Störungen

Verdient viel weniger Aufstieg . – Lear.

Der Baron hielt an seinem Entschluss fest, Matilda nicht das Schloss verlassen zu lassen. Der Brief, der ihr das nahende Schicksal des jungen Gamwell ankündigte , erfüllte sie mit Kummer und verstärkte die Belastung einer Entbehrung, die ihren Geist bereits ausreichend belastete und begann, ihre Gesundheit zu gefährden. Sie hatte nicht mehr den Trost in der Gesellschaft ihres alten Freundes Vater Michael: Der kleine dicke Mönch von Rubygill wurde als Beichtvater im Schloss ersetzt, nicht ohne einige Bedenken in seiner gespenstischen Brust; Aber der süße Duft der guten Dinge dieser Welt auf Schloss Arlingford lockte ihn mehr an , als dass ihn seine Ehrfurcht vor der Dame Matilda abschreckte, die jedoch, soweit er sich an das Klirren der Bogensehne erinnerte, so übertrieben war, dass er Ich wagte nie, sie im Unrecht zu finden, geschweige denn, irgendetwas in Form einer Buße zu fordern, wie es bei heiligen Beichtvätern mit oder ohne Grund gelegentlich üblich war, aus Gründen der frommen Disziplin und dessen, was man damals soziale Disziplin nannte Ordnung, nämlich die Wahrung der Privilegien der wenigen, die zufällig welche hatten, auf Kosten der schweinischen Menge, die zufällig keine hatte, außer der Möglichkeit, für das Wohl der Besseren zu arbeiten und beschossen zu werden, was offensichtlich nicht der Fall ist die Bedeutung der sozialen Ordnung in unseren aufgeklärteren Zeiten: Lasst uns daher der Vorsehung dankbar sein und im Chor mit der Heiligen Allianz das Te Deum laudamus singen .

Obwohl der kleine Mönch die Dame makellos vorfand, hielt er den Butler für einen großen Sünder. Zumindest konnte man das vermuten, wenn man bedenkt, wie lange es immer gedauert hatte, ihn in der Butter zu beichten.

Matilda wurde von Tag zu Tag blasser und niedergeschlagener ; ihr Geist, der jeder anstrengenden Bedrängnis hätte widerstehen können, schmachtete in der eintönigen Untätigkeit, zu der sie verurteilt war. Während sie sich morgens mit ihrem Geliebten frei durch den Wald bewegen konnte, war sie abends damit zufrieden gewesen, zum Schloss ihres Vaters zurückzukehren und so das Gleichgewicht ihrer Pflichten, Gewohnheiten und Zuneigungen zu wahren; nicht ohne die Hoffnung, dass die Aufhebung der Ächtung ihres Geliebten schließlich durch eine vernünftige Verteilung einiger seiner Waldbeute unter den künftigen heiligen Vätern und Heiligen erreicht werden könnte – fromme Kenner der kirchlichen Reitkunst , die ritt das Gewissen König Heinrichs mit doppeltem Zügel und hielt es gut in der Hand, wenn es

Mut zeigte und geneigt schien, sich aufzubäumen und zu stürzen. Aber die Affäre beim Gamwell- Fest warf der Verwirklichung dieser Hoffnung viele zusätzliche Schwierigkeiten in den Weg; und sehr kurz darauf ging König Heinrich der Zweite, um in der nächsten Welt seinen Streit mit Thomas-a-Becket beizulegen; und Richard Coeur de Lion ließ ganz England von den Vorbereitungen für den Kreuzzug erzittern, zur großen Freude vieler eifriger Abenteurer, die sich eifrig unter seinem Banner versammelten, in der Hoffnung, sich mit sarazenischer Beute zu bereichern, was sie als Kämpfe in den Schlachten Gottes bezeichneten. Richard, der in seinen Finanzgeschäften nicht besonders gewissenhaft war, würde die Ländereien und das Schloss von Locksley wahrscheinlich nicht übersehen, die er sofort für seine eigenen Zwecke nutzte und an den Meistbietenden verkaufte. Da nun die Aufhebung der Ächtung die Rückgabe der Ländereien an den rechtmäßigen Eigentümer mit sich bringen würde, war es offensichtlich, dass dies von dem legitimsten und christlichsten König, Richard dem Ersten von England, dem Erzkreuzfahrer und Gegner, niemals erwartet werden konnte - Jakobiner durch Exzellenz, – der wahre Typ, die Blume, die Creme, das Rosa, das Symbol und der Spiegel aller Heiligen Allianzen, die jemals auf der Erde existiert haben, außer dass er seinen Aberglauben und seine Eroberungslust mit einer gewissen Würze romantischer Großzügigkeit würzte ritterliche Selbsthingabe, auf die seine Nachahmer in allen anderen Punkten bequem verzichtet haben. Einem Menschen umsonst zu geben, was er einem anderen gewaltsam genommen hatte, war eine Großzügigkeit, zu der er sehr fähig war; aber dem Mann, dem er es genommen hatte, das zurückzugeben, was er genommen hatte, war etwas, das zu viel von der kühlen Physiognomie der Gerechtigkeit trug, als dass es sich leicht mit seinen königlichen Gefühlen vereinbaren ließe . Darüber hinaus hatte er nicht nur alle Heiligen König Heinrichs zu ihren Angelegenheiten geschickt, oder besser gesagt zu ihren Nichtangelegenheiten – ihrer Faineantise –, sondern er hatte ihnen für die Zwecke seines heiligen Krieges strenge Abgaben auferlegt; und nachdem er sie der Frömmigkeit des Nachfolgers zurückerstatten ließ, was sie der Frömmigkeit des Vorgängers entzogen hatten, zwang er sie außerdem, ihm ihren Segen umsonst zu geben. Aufgrund all dieser Umstände hatte Matilda daher wenig Hoffnung, dass ihr Geliebter etwas anderes als ein lebenslanger Gesetzloser sein würde.

Dem Abzug König Richards aus England folgte die bischöfliche Regentschaft der Bischöfe von Ely und Durham. Longchamp, Bischof von Ely, bewies seinen Sinn für christliche Gemeinschaft, indem er seinen Bruder, den Bischof, verhaftete und ihm seinen Anteil an der Regierung entzog; und seine Demut und seine liebende Güte in einem Gefolge von Adligen und Rittern zum Ausdruck zu bringen, die in einer Nachtbewirtung etwa fünf Jahreseinnahmen ihres Wirts verschlang, und in einer Wache von fünfzehnhundert ausländischen Soldaten, die er für deren Ausübung als unverzichtbar erachtete eine Kraft, die über das Gesetz hinausgeht und gesunde Disziplin gegenüber den widerspenstigen Engländern aufrechterhält. Die unwissende Ungeduld der schweinischen Menge gegenüber diesen Früchten eines guten Lebens, hervorgebracht von einem der Sanftmütigen, die die Erde geerbt hatten, zeigte sich in einer allgemeinen Gärung, die Prinz John ausnutzte, um den Versuch zu machen, die Besitztümer seines Bruders in Besitz zu nehmen Krone in seiner Abwesenheit. Er begann damit, in Reading einen Rat der Barone einzuberufen, dessen Aussehen den heiligen Bischof dazu veranlasste, sich zu verkleiden (manche sagen als alte Frau, was im zwölften Jahrhundert vielleicht eine Verkleidung für einen Bischof gewesen wäre) und zu fliehen jenseits des Meeres. Prinz John nutzte seinen Vorteil aus, indem er mehrere starke Posten in Besitz nahm, unter anderem das Schloss von Nottingham.

Während John seine Operationen in Nottingham durchführte, ritt er zeitweise am Schloss von Arlingford vorbei . Einmal hielt er an, um Lord Fitzwaters Gastfreundschaft in Anspruch zu nehmen, und richtete bei seinem Wildbret und seiner Sülze höchst fürstlichen Schaden an. Nun ist unter verschiedenen großen Historikern und gelehrten Beamten bekannt, dass er damals und da von den Reizen der schönen Matilda schmerzlich berührt war und dass er wenige Tage später seinen reisenden Minnesänger oder Preisträger Harpiton entsandte , 3 (den er zu einem moderaten Lohn anheuerte, um ein Tagebuch über seine Vorgänge zu führen und zu beweisen, dass sie alle gerecht und legitim waren), zum Schloss von Arlingford , um der Dame Vorschläge zu machen. Dieser Harpiton war eine sehr nützliche Person. Er war immer bereit, nicht nur die Sache seines Herrn mit seiner Feder zu vertreten und seine Lobreden auf seiner Harfe zu singen, sondern auch jederzeit jede Art von höfischer Beschäftigung zu übernehmen, die von den Profanen als Drecksarbeit bezeichnet wird und die Segen bedeutet der Zivilregierung, nämlich das Vergnügen seines Herrn, und die Interessen der sozialen Ordnung, nämlich seine eigene Vergütung, erfordern könnten. Zusamenfassend,

> *Il eut Ich beschäftige mich mit Sicherheit nicht ,*
>
> *Et qu'a la cour , ou tout se peint und schön,*
>
> *Auf Berufung etre l'ami du Prince;*
>
> *Mais qu'a la ville , et surtout en provinz,*
>
> *Les gens grossiers ont nomme Maquereau .*

Prinz John war der Meinung, dass die Liebe eines echten Prinzen und Königsanwärter an sich schon eine ausreichende Ehre für die Tochter eines einfachen Barons sei und dass der rechte Geistliche oder das Königtum sie ohne den göttlichen Ritus der Kirche ausreichend heilig machen würden.

Daher gefiel es ihm gnädig, in außerordentliche Leidenschaft zu verfallen, als sein vertraulicher Bote in erbärmlicher Lage von seiner Botschaft zurückkehrte, nachdem man ihn auf Befehl des Barons zunächst in eine Decke geworfen und zum Abkühlen in den Vorrat gelegt hatte und sich dann duckte in den Graben legen und zum Trocknen erneut in den Stock legen. John schwor, diese eklatante Verletzung der königlichen Vorrechte auf schreckliche Weise zu rächen und die Dame mit Waffengewalt in Besitz zu nehmen; und dementsprechend sammelte er eine Truppeneinheit und marschierte nach Arlingford Castle. Ein Brief, der wie zuvor mit der Spitze eines stumpfen Pfeils übermittelt wurde, kündigte seine Annäherung an Matilda an: und Lord Fitzwater hatte gerade noch Zeit, seine Gefolgsleute zusammenzustellen, einen eiligen Vorrat an Proviant einzusammeln, die Zugbrücke anzuheben und das Fallgitter fallen zu lassen die Burg war vom Feind umzingelt. Der kleine dicke Mönch , der während des Durcheinanders in der Butter schlief, fand sich beim Erwachen in der belagerten Burg eingeschlossen und beklagte sich traurig über seine böse Chance.

KAPITEL X

Prinz John setzte sich ungeduldig vor Arlingford Castle in der Hoffnung, die Belagerten auszuhungern; Als er jedoch feststellte, dass sich die Dauer ihrer Vorräte in gleichem Maße wie die Dauer seiner Hoffnung verlängerte, traf er energische Vorbereitungen, um den Ort im Sturm zu erobern. Er baute eine riesige Maschine auf Rädern, die, wenn man sie bis zum Rand des Grabens vorrückte, eine provisorische Brücke herablassen sollte, deren eines Ende auf dem Ufer und das andere auf den Zinnen ruhte und die gut mit Trittstufen ausgestattet war Bretter würden es seinen Männern ermöglichen, die schiefe Ebene schnell und mühelos zu erklimmen. Matilda erhielt die Andeutung dieses Plans durch den üblichen freundlichen Kanal eines stumpfen Pfeils, der entweder von einem geheimen Freund im Lager des Prinzen oder von einem kräftigen Bogenschützen dahinter geschickt worden sein musste: Letzteres wird nicht unwahrscheinlich erscheinen, wenn wir das bedenken Robin Hood und Little John konnten zwei englische Meilen und einen Zoll aus nächster Nähe schießen,

Kommen Sie, schreiben Sie Turpino , er ist nicht da .

Die Maschine wurde fertiggestellt und am darauffolgenden Morgen für den Angriff vorbereitet. Sechs Männer, die in regelmäßigen Abständen abgelöst wurden, bewachten es während der Nacht. Prinz John schlief ein und gratulierte sich selbst in der Erwartung, dass ein weiterer Tag den schönen Täter seiner fürstlichen Gnade ausliefern würde. Seine Erwartungen vermischten sich mit den Visionen seines Schlafes, und er träumte von Wunden und Trommeln, davon, wie er die Burg plünderte und in Brand setzte und wie er in seinen Armen die schöne Beute inmitten von Feuer und Rauch davontrug. Auf dem Höhepunkt dieses imaginären Aufruhrs erwachte er und hatte für einige Momente den Eindruck, dass bestimmte Geräusche, die in seinen Ohren erklangen, die Fortsetzung derjenigen aus seinem Traum waren, in dieser Art von Halbbewusstsein zwischen Schlafen und Wachen, als Realität und Fantasien treffen aufeinander und vermischen sich in vager und verwirrender Ähnlichkeit. Er wurde jedoch sehr bald völlig wach, als seine Wachen ihn aufforderten, sich zu bewaffnen, was er hastig tat, und sah die Maschine in Flammen stehen und einen wütenden Konflikt um sie herum toben. Er eilte zur Stelle und stellte fest, dass sein Lager plötzlich von einer Seite von einer Gruppe Förster angegriffen worden war und dass die Leute des Barons auf der anderen Seite einen Ausfall gemacht hatten und dass sie die Wachen getötet und das Lager in Brand gesteckt hatten Maschine, bevor der Rest des Lagers ihren Kameraden zu Hilfe kommen konnte.

Die Nacht selbst war äußerst dunkel, und das Feuerlicht warf einen lebhaften und unnatürlichen Glanz um sie herum. Auf der einen Seite zitterte das purpurrote Licht durch seine eigene Erregung auf dem wellenlosen Wassergraben und auf den Bastionen und Strebepfeilern der Burg, und ihre Schatten lagen in massenhafter Schwärze auf den erleuchteten Mauern; auf der anderen Seite schien es strömend auf den Wald weit drinnen zwischen den offenen Stämmen oder auf dem näheren Laubwerk ruhend. Die Dunkelheit umgab die Szene auf allen Seiten: und in der Mitte tobte der Krieg; Schilde, Helme und Schilde glänzten und glitzerten, als sie klingelten und gegeneinander prallten; Federn, die wirr im purpurnen Licht herumwirbelten, und das chaotische Licht und Schatten, das auf die Gesichter der Kämpfer fiel und ihrem wilden Gesichtsausdruck zusätzliche Energie verlieh.

John, der sich dem Schauplatz des Geschehens näherte, beobachtete zwei junge Krieger, die Seite an Seite kämpften, von denen einer die Tracht eines Försters trug, der andere die eines Gefolgsmanns von Arlingford . Er blickte sie beide aufmerksam an: Ihre Position zum Feuer begünstigte die genauere Betrachtung; und das Habichtsauge der Liebe entdeckte sehr schnell, dass es sich bei Letzterer um die schöne Matilda handelte. Den Förster kannte er nicht, aber er hatte genug Fingerspitzengefühl, um zu erkennen, dass sein Erfolg sehr erleichtert werden würde, wenn er sie vor allen anderen von dieser Gefährtin trennte. Deshalb formte er eine Gruppe von Männern zu einem Keil, achtete dabei aber besonders darauf, nicht selbst der Kern der Sache zu sein, und trieb sie mit so viel Präzision zwischen sich hindurch, dass sie in einem Moment weit voneinander entfernt waren.

„Lady Matilda", sagte John, „übergeben Sie sich als meine Gefangene."

„Wenn du mich tragen willst, Prinz", sagte Matilda, „musst du mich gewinnen." Und ohne ihm Zeit zu geben, über die Höflichkeit nachzudenken, mit der Dame seiner Geliebten zu kämpfen, hob sie ihr Schwert in die Luft und senkte es auf seinen Kopf mit einem Schwung, der selbst die außergewöhnliche Tiefe des Gehirns, die immer durch göttliche Gnade das Innere eines Oberkönigs ausmacht, beinahe ergründet hätte, wenn er den Schlag nicht sehr geschickt abgewehrt hätte. Prinz John wollte seinen gerechten Gegner entwaffnen und gefangen nehmen, nicht um ihn zu verletzen oder zu verletzen, schon gar nicht um ihn zu töten. Matilda hatte auf jeden Fall nur die Absicht, ihren Widersacher loszuwerden: Die Schneide ihrer Waffe malte seinen Teint mit Streifen von sehr unliebsamem Purpur, und sie hätte wahrscheinlich Johns Hand dafür beschädigt, dass er jemals die Magna Charta unterzeichnet hätte, wenn er nicht von ihr unterstützt worden wäre Überlegenheit, und dass ihr Schwert den Buckel seines Schildes zerschmetterte. John nutzte seinen Vorteil aus, um die Dame gefangen zu nehmen, als er plötzlich von einem unsichtbaren Widersacher zu Boden geworfen wurde. Einige seiner Männer hoben ihn vorsichtig hoch und brachten ihn betäubt und betäubt in sein Zelt .

Als er sich erholte, fand er Harpiton, der ihm eifrig bei der Genesung behilflich war, mehr aus Angst, seinen Platz zu verlieren, als aus Angst, seinen Herrn zu verlieren: Die erste Frage des Prinzen galt dem Gefangenen, den er in dem Moment machen wollte, als er zu ihm kam Habeas Corpus wurde so ungewöhnlicherweise ausgesetzt. Ihm wurde gesagt, dass sein Volk gerade dabei gewesen sei, den besagten Gefangenen festzunehmen, als plötzlich der Teufel in der Gestalt eines großen Mönchs unter ihnen erschien, dessen graues Kleid mit einem Schwertgürtel und seiner Krone verziert war Sie waren rasiert oder nicht, sie konnten es nicht sehen, trugen einen Helm und trugen einen acht Fuß langen Stab, mit dem er ihn rechts und links umgab und den Prinzen und seine Männer niederschlug, als wären es so viele gewesen Neunnadeln: Kurz gesagt, er hatte den Gefangenen gerettet, einen klaren Durchgang durch Freund und Feind geschafft und zusammen mit einer ausgewählten Gruppe von Bogenschützen den Rückzug der Männer des Barons und der Förster gedeckt, die alle verschwunden waren in einem Körper in Richtung Sherwood Forest.

Harpiton schlug vor, dass es wünschenswert wäre, die Burg zu plündern, und meldete sich freiwillig, bei dieser Gelegenheit die Führung des Transporters zu übernehmen, da die Verteidiger zurückgezogen waren und die Unternehmung viel Gewinn und wenig Gefahr zu versprechen schien: John war der Ansicht, dass die Burg an sich schon eine Bedrohung darstellen würde große Errungenschaft für ihn, als Festung zur Förderung seines Vorhabens auf dem Thron seines Bruders; und war entschlossen, mit dem ersten Morgenlicht Besitz zu ergreifen, als er zu seiner Demütigung sah, wie die Burg an mehreren Stellen gleichzeitig in Flammen aufging. Ein kläglicher Schrei war von innen zu hören, und während der Prinz jedem eine Belohnung verkündete , der in den brennenden Scheiterhaufen eintreten und das Geheimnis der traurigen Stimme aufklären wollte, watschelte der kleine dicke Mönch in qualvoller Angst heraus das Feuer in die Bratpfanne; denn er wurde sofort in Gewahrsam genommen und vor Prinz John getragen, wobei er die Hände rang und sich die Haare ausriss.

„Sind Sie der Mönch", sagte Prinz John mit schrecklicher Stimme, „der mich im Kampf niederschlug, meine Männer wie Gras niedermähte, meinen

Gefangenen rettete und den Rückzug meiner Feinde deckte? Und damit noch nicht zufrieden, hast du jetzt das Schloss angezündet, in dem ich mein königliches Quartier beziehen wollte?"

Der kleine Mönch zitterte wie ein Wackelpudding; er fiel auf die Knie und versuchte zu sprechen; aber in seinem Eifer, sich gegen diese Anhäufung alarmierender Anschuldigungen zu rechtfertigen, wusste er nicht, wo er anfangen sollte; seine Ideen rollten aufeinander wie die Radien eines Rades; Die Worte, die er aussprechen wollte, schienen sich in seiner Kehle zu einer Kugel zu verdichten, die sich um die eigene Achse drehte, anstatt gleichsam in einer richtigen Linie über seine Lippen zu kommen. Nach mehreren erfolglosen Versuchen versagte ihm seine Äußerung völlig. und er blieb keuchend stehen, sein Mund war offen, seine Lippen zitterten, seine Hände waren ineinander verschränkt, und das Weiße seiner Augen richtete sich mit einem äußerst reumütig flehentlichen Ausdruck auf den Prinzen.

„Sind Sie dieser Mönch?" wiederholte der Prinz.

Mehrere der Umstehenden erklärten, dass er nicht dieser Mönch sei. Der kleine Mönch, ermutigt durch diese Schirmherrschaft, fand seine Stimme und flehte um Gnade. Der Prinz befragte ihn eingehend zum Brand der Burg. Der kleine Mönch erklärte, dass er während der Belagerung zu große Angst gehabt habe, um viel von dem zu wissen, was vor sich ging, außer dass er sich in den letzten Tagen eines beklagenswerten Mangels an Proviant bewusst gewesen sei und noch am selben Morgen anwesend gewesen sei beim Anstoßen des letzten Sacks. Harpiton stöhnte mitfühlend. Der kleine Mönch fügte hinzu, dass er nichts von dem wisse, was seitdem geschehen sei, bis er die Flammen an seinem Ellenbogen lodern hörte.

„Nimm ihn weg, Harpiton ", sagte der Prinz, „fülle ihn mit Sack und schmeiße ihn raus."

„Kümmere dich nicht um den Sack", sagte der kleine Mönch, „schick mich sofort raus."

„Eine traurige Chance", sagte Harpiton , „ohne Entlassung rauszukommen."

Aber was Harpiton für eine traurige Chance hielt, hielt der kleine Mönch für eine fröhliche und sprang wie ein fetter Bock auf die Abtei von Rubygill zu .

Ein Pfeil, an dem ein Brief befestigt war, wurde ins Lager geschossen und zum Prinzen getragen. Der Inhalt war dieser:

„Prinz John, – ich glaube nicht, dass ich mich der rechtmäßigen Autorität widersetzt habe, als ich mein Schloss gegen Sie verteidigte, da Sie sich derzeit in einem Zustand aktiver Rebellion gegen Ihren Lehnsherrn Richard befinden; und wenn meine Vorräte mich nicht im Stich gelassen hätten, ich hätte es bis zum Jüngsten Tag beibehalten. So wie es ist, habe ich meine Brennstoffe so gut entsorgt, dass sie dir nicht als starker Stützpunkt in deiner Rebellion dienen werden. Wenn Sie in den Jagdgebieten von Nottinghamshire jagen, fangen Sie möglicherweise anderes Wild als meine Tochter. Sowohl sie als auch ich sind zufrieden damit, eine Zeit lang obdachlos zu sein, in der Überlegung, dass wir Ihre Feindschaft und die Freundschaft von Coeur-de-Lion verdient haben.

„FITZWATER.“

KAPITEL XI

Der Baron machte mit einigen seiner Gefolgsleuten und allen Förstern bei Tagesanbruch im Sherwood Forest Halt . Die Förster bauten schnell Zelte auf und bereiteten ein reichhaltiges Frühstück mit Wildbret und Bier zu.

„Nun, Lord Fitzwater", sagte der Oberförster, „ erkennen Sie Ihren künftigen Schwiegersohn in dem Gesetzlosen Robin Hood."

„Ja, ja", sagte der Baron, „ich habe dich schon vor langer Zeit erkannt ."

„Und erkenne deinen jungen Freund Gamwell ", sagte der zweite, „im Gesetzlosen Scarlet."

„Und Little John, der Page", sagte der Dritte, „in Little John, dem Gesetzlosen."

„Und Pater Michael von Rubygill Abbey", sagte der Mönch, „in Friar Tuck von Sherwood Forest ... " Wirklich, ich habe hier in der Nähe eine Kapelle in Form eines hohlen Baumes, in der ich meine Gebete für Reisende niederlege , und Little John hält den Teller an der Tür, denn gutes Beten verdient eine gute Bezahlung."

„Ich bin in bester Gesellschaft", sagte der Baron.

„In bester Gesellschaft", sagte der Mönch, „am höchsten Hof der Natur und inmitten ihres eigenen Adels." Ist es nicht so? Dieser schöne Hain ist unser Palast: Die Eiche und die Buche sind seine Säulen und sein Baldachin; die Sonne und der Mond und die Sterne sind seine ewigen Lampen; das Gras und das Gänseblümchen und die Primel und das Veilchen sind seine vielen - farbiger Boden in Grün, Weiß, Gelb und Blau; Die Maiblume und die Waldrebe und die Eglantine und der Efeu sind seine Dekorationen, seine Vorhänge und seine Wandteppiche; die Lerche und die Drossel und der Hänfling und die Nachtigall sind seine unbezahlten Minnesänger und Musiker. Robin Hood ist König des Waldes, sowohl aufgrund der Würde seiner Geburt als auch aufgrund seines stehenden Heeres; ganz zu schweigen von der freien Wahl seines Volkes, die er tatsächlich hat, aber ich ignoriere sie als illegitime Grundlage der Macht. Er behält seine Herrschaft über den Wald und seine gehörnte Schar bürgerlicher Hirsche und seine schweinische Schar oder Bauernschaft von Wildschweinen durch Eroberungsrecht und Waffengewalt. Er erhebt unter ihnen Beiträge mit der freien Zustimmung seiner Bogenschützen, ihrer virtuellen Vertreter. Wenn sie eine Stimme finden sollten, um sich darüber zu beschweren, dass wir „Tyrannen und

Usurpatoren sind, die sie in ihrem zugewiesenen und heimischen Wohnort töten und kochen", sollten wir sie mit der Pfeilspitze überzeugend ermahnen, dass sie damit nichts zu tun haben unsere Gesetze, sondern ihnen zu gehorchen. Steht nicht geschrieben, dass die Mächtigen im Land mit den fetten Rippen der Herde gefüttert werden sollen? Und haben sie es nicht mit meinem Segen getan? Mein orthodoxer, kanonischer und erzbischöflicher Segen? Bin ich nicht dafür dankbar, wenn sie gut geröstet sind und vor meiner Nase rauchen? Welchen Titel hatte Wilhelm von der Normandie nach England, den Robin von Locksley nicht hat, um Sherwood zu vergnügen? William kämpfte für seinen Anspruch. Robin auch. Mit wem, beide? Mit jedem, der es bestreiten würde oder wird. William sammelte Beiträge. Robin auch. Von wem, beide? Von allem, was sie verdienen konnten oder können, zahlen sie. Warum zahlte irgendjemand sie an William? Warum zahlt man sie an Robin? Für beide aus dem gleichen Grund: weil sie nichts dagegen tun konnten oder können. Sie unterscheiden sich in der Tat darin, dass Wilhelm von den Armen nahm und den Reichen gab und Robin von den Reichen nahm und den Armen gab; und darin ist Robin unehelich; obwohl er in allem anderen ein wahrer Prinz ist. Sind Scarlet und John nicht ihresgleichen im Wald? Lords temporal von Sherwood? Und bin ich nicht Herr spirituell? Bin ich nicht Erzbischof? Bin ich nicht Papst? Weihe ich nicht ihr Banner und vergebe ihre Sünden? Sind sie nicht Staat, und bin ich nicht Kirche? Sind sie nicht staatlich monarchisch, und bin ich nicht kirchlich militant? Exkommuniziere ich nicht unsere Feinde von Wildbret und Muskelfleisch und schlage sie, bei meiner Dame, wenn es nötig ist, unter meinen Füßen nieder? Der Staat erhebt Steuern und die Kirche erhebt den Zehnten. Auch wir tun es. Masse, wir nehmen alles auf einmal. Was dann? Es handelt sich um eine Steuer durch Einlösung und um einen Zehnten durch Umwandlung. Euer William und Richard können immer wieder kommen, aber unser Robin beschäftigt sich mit heiklen Themen, die seine Kasse nicht zweimal belasten. Was brauchen wir denn, um ein Gericht zu bilden, außer einem Narren und einem Preisträger? Für den Narren besteht sein einziger Zweck darin, falsche Schurken durch Kunst lustig zu machen, und wir sind wahre Menschen und von Natur aus fröhlich. Für den Preisträger besteht seine einzige Aufgabe darin, Tugenden bei denen zu finden, die keine haben, und für seine Mühen zu trinken. Wir sind so tugendhaft, dass wir ihn nicht brauchen, und können unseren Sack für uns selbst austrinken." „Gut gepredigt, Mönch", sagte Robin Hood: „Dennoch gibt es eine Sache, die einen Hof bilden möchte, und das ist eine Königin." Und jetzt, liebe Matilda, schau dich um in diesen Waldschatten, wo wir so oft den Hirsch aus seinem Farnversteck geweckt haben. Die aufgehende Sonne lächelt uns durch die Stämme dieser Buchenkuppe hindurch. Soll ich vor meinem Hofstaat deine Hand nehmen, Matilda? Soll ich dich mit unserem Wildholzkranz krönen und dich als

Königin des Waldes begrüßen? Wirst du die Königin Matilda deines wahren Königs Robin sein?"

Matilda lächelte zustimmend.

„Nicht Matilda", sagte der Mönch, „die Regeln unserer heiligen Allianz erfordern eine Neugeburt." Wir haben zugunsten von Little John eine Ausnahme gemacht , weil er der große John ist und sein Name eine Fehlbezeichnung ist. Ich besprenge nicht deine Stirn mit Wasser, sondern deine Lippen mit Wein und taufe dich MARIAN."

„Das ist eine hübsche Verschwörung", rief der Baron. „Warum, du bösartiger Mönch, glaubst du, meine Tochter ungestraft vor meinem Angesicht zu beschimpfen und zu heiraten?"

„Trotzdem, kühner Baron", sagte der Mönch; „Hier sind wir am stärksten. Sagen Sie, vielleicht überwindet es, oder? Ich sage nein. Es gibt kein Recht außer der Macht: und zu sagen, dass die Macht das Recht überwindet, heißt zu sagen, dass das Recht sich selbst überwindet: eine Absurdität, die ganz offensichtlich ist. Ihr Recht war in Arlingford stärker , und unseres ist in Sherwood stärker. Ihr Recht war richtig, solange Sie es aufrechterhalten konnten; So ist es auch mit uns. Das gilt auch für König Richard, bei aller Ehrerbietung sei es gesagt; und das gilt auch für König Saladin; und ihre beiden Mächte sind jetzt in einem blutigen Kampf verwickelt, und das, was überwindet, wird richtig sein, so lange es dauert und so weit es reicht. Und wenn jetzt einer von euch ein gerechtfertigtes Hindernis kennt …"

„Feuer und Wut", sagte der Baron.

„Feuer und Wut", sagte der Mönch, „sind Ausdrucksformen der Macht, die das Recht ausmacht, und lediglich Hindernisse für alles, gegen das sie eingesetzt werden können." Sie sind gelegentlich unsere guten Verbündeten und würden sich jetzt für uns einsetzen, wenn Sie sie auf die Probe stellen würden."

„Vater", sagte Matilda, „du kennst die Bedingungen unseres Pakts: Von dem Moment an, als du meine Freiheit eingeschränkt hast, hast du auf deinen Anspruch auf alles andere als auf erzwungenen Gehorsam verzichtet. Der Mönch argumentiert gut. Das Recht endet mit Macht. Dicke Mauern, trostlose Galerien und mit Wandteppichen geschmückte Kammern waren mir gleichgültig, obwohl ich sie nach Belieben verlassen konnte, aber sie waren mir immer ein Hass, seit sie mich mit Gewalt festhielten. Möge ich nie wieder ein Dach haben als den blauen Himmel, kein Baldachin außer den grünen Blättern, keine Barriere außer den Waldgrenzen; mit den Förstern zu meinem Zug, Little John zu meinem Pagen, Friar Tuck zu meinem geisterhaften Berater und Robin Hood zu meinem Lehnsherrn. Ich bin nicht länger Lady Matilda Fitzwater aus Arlingford Castle, sondern schlichte Maid Marian aus Sherwood Forest."

„Lang lebe Maid Marian!" wiederholten die Förster.

„ Oh falsches Mädchen!" sagte der Baron, „verzichten Sie auf Ihren Namen und Ihre Abstammung?"

„Nicht meine Abstammung", sagte Marian, „aber tatsächlich mein Name: Verzichten nicht alle Mägde am Altar darauf?"

"Der Altar!" sagte der Baron: „Gib mir Geduld! was meinst du mit dem Altar?"

„Haufen Sie grünen Rasen", sagte der Mönch, „kränzen Sie ihn mit Blumen und krönen Sie ihn mit Früchten, und wir werden dem edlen Baron zeigen, was wir mit dem Altar meinen."

Die Förster taten, was der Mönch befahl.

„Nun, Little John", sagte der Mönch, „mach weiter mit dem Umhang des Abtes von Doubleflask . Ich ernenne dich zu meinem Schreiber. Du bist hier ordnungsgemäß und in vollem Umfang gewählt."

„Ich wünschte, ihr wärt alle zusammen im vollen Graben", sagte der Baron, „und auf beiden Seiten eine glatte Mauer."

„ Verstehst du?" sagte der Mönch. „Eine abscheuliche antichristliche Straftat . Warum antichristlich ? Weil antikatholisch ? Warum antikatholisch ? Weil antirömisch. Warum antirömisch? Weil karthagisch. Ist das Wortspiel nicht punisch? punica fides: die Quintessenz der Bösgläubigkeit: doppelzüngig: doppelzüngig. Wer ein Wortspiel macht, wird – ich sage nichts mehr. Pfui drauf. Treten Sie hervor, Angestellter. Wer ist der Vater der Braut?"

„Es gibt keinen Brautvater", sagte der Baron. „Ich bin der Vater von Matilda Fitzwater."

„So etwas gibt es nicht", sagte der Mönch. „Das ist die schöne Magd Marian. Wirst du aus der Not eine Tugend machen oder wirst du der fließenden Flut Gesetze geben? Wirst du sie geben oder soll Robin sie nehmen? Werden Sie ihr wahrer leiblicher Vater sein oder soll ich die Vaterschaft umwandeln? Treten Sie hervor, Scarlet."

„Gehen Sie zurück, Sirrah Scarlet", sagte der Baron. „Meine Tochter wird keinen Vater haben außer mir. Bedürfnisse müssen, wenn der Teufel fährt."

„Ganz gleich, wer fährt", sagte der Mönch, „so dass du wie ein wohlgesonnener Untertan denen, die ihn durchsetzen können, fröhlichen Gehorsam erweist."

„ Mawd , süßer Mawd ", sagte der Baron, „wirst du dann deinen armen alten Vater in seiner Not im Stich lassen, während sein Schloss in Schutt und Asche liegt und sein Feind an der Macht ist?"

„Nicht so, Vater", sagte Marian; „Ich werde immer deine wahre Tochter sein: Ich werde dich immer lieben, dir dienen, wachen und dich verteidigen, aber ich werde meine innige Liebe und meinen eigenen Lehnsherrn, der deine Wahl war, bevor er mir gehörte, auch nicht für dich aufgeben machte ihn im Kindesalter zu meinem Partner; und dass er weiterhin mein gehörte, als er aufhörte, dein zu sein, bedeutet in keiner Weise, dass ich meine Pflichten vernachlässige oder meine Zuneigung nachlässt. Und obwohl ich hier am Altar für Robin meinen Treueschwur schwöre, in der Gegenwart dieses heiligen Priesters und frommen Beamten, doch ... Vater, wenn Richard aus Palästina zurückkehrt, wird er Sie in Ihre Baronie zurückführen, und vielleicht auch für Ihre Um Himmels Willen, der Ehemann Ihrer Tochter, der Grafschaft Huntingdon: Sollte das niemals geschehen, sollte es der Wille des Schicksals sein, dass wir im grünen Wald leben und sterben müssen, werde ich leben und sterben, MAID MARIAN." 4

„Ein hübscher Vorsatz", sagte der Baron, „wenn Robin dich ihn behalten lässt."

„Ich habe es geschworen", sagte Robin. „Soll ich ihre Zärtlichkeit den Gefahren der Mutterschaft aussetzen, wenn Leben und Tod in einem Moment von Sherwood nach Barnsdale und von Barnsdale an die Küste wechseln können? Und warum sollte ich ein Bankett abhalten, wenn meine fröhlichen Männer verhungern? Keuschheit ist unser Waldgesetz, und selbst der Mönch hat es eingehalten, seit er hier ist."

„Das stimmt", sagte der Mönch, „denn die Versuchung liegt in Bequemlichkeit und Luxus: aber der Jäger ist Hippolytus, und die Jägerin ist Dian." Und nun, meine Lieben —"

Der Mönch durchlief die Zeremonie mit großer Salbung, und Little John war in der Betonung seiner Antworten äußerst klerikal. Danach sang der Mönch, und Little John spielte, und die Förster tanzten, Robin mit Marian und Scarlet mit dem Baron; und das Wild rauchte, und das Bier schäumte, und der Wein glänzte, und die Sonne ging zu ihrem unermüdlichen Fest unter, das sie mit dem folgenden Lied abschlossen, wobei der Mönch anführte und die Förster im Chor mitstimmten:

Oh! Der fette Robin Hood ist ein guter Förster,

Wie immer verbeugte er sich im fröhlichen grünen Wald:

Beim schrillen Gesang seines Signalhorns erklingen die Echos,

Die wilden Hirsche springen aus vielen Wäldern hervor.

Seinem Ruf folgen wir, durch die Bremse, über die Mulde,

Der dreifache, schrille Ruf des kühnen Robin Hood.

Und welches Auge hat jemals eine so süße Jungfrau gesehen?

Als Marian, der Stolz des Försters Grün?

Eine süße Gartenblume, sie blüht in der Laube,

Wo allein bis zu dieser Stunde die wilde Rose war:

Wir begrüßen sie in aller Pflicht, die Königin aller Schönheit:

Wir werden leben, wir werden sterben, bei unserer süßen, jungfräulichen
Königin.

Und hier ist ein grauer Mönch, so gut das Herz nur wünschen kann,

Um alle unsere Sünden zu vergeben, je nachdem, was der Fall erfordert:

Wer mit so starkem Mut seine Eichenpflanze ausbreitet ,

Und schlägt alle Feinde seines Chores in die Flucht:

Denn wir sind seine Chorsänger, wir fröhlichen Förster,

 So im Chor mit unserem militanten Mönch

Und scharlachrotes Tuch bringt seinen guten Eibenzweig und seine
Schnur ,

Premierminister ist der von Robin, unserem König:

Keine Markierung ist zu schmal für den Pfeil des kleinen John,

Das trifft einen Hahnensperling eine Meile weit am Flügel;

Robin und Marion, Scarlet und Little John,

Lange wird der alte Sherwood mit ihrer Herrlichkeit erklingen.

Jeder eine gute Leber für einen gut gefiederten Köcher

Liefert Sülze, Wildbret und Flussgeflügel:

Aber das beste Spiel, das wir auftischen, ist ein fetter Läufer:

Wenn wir seine Engel auffischen, erweist er sich als freier Geber:

Denn ein so niedriger Prälat hat heiligere Engel,

Und sollten die falschen Engel dieser Welt die Sünder befreien?

Robin und Marion, Scarlet und Little John,

Trinkt einer nach dem anderen auf sie, trinkt, während ihr singt:

Robin und Marion, Scarlet und Little John,

Echo um Echo wird durch Sherwood schleudern:

Robin und Marion, Scarlet und Little John,

Lange wird der alte Sherwood mit ihrer Herrlichkeit erklingen.

KAPITEL XII

Am nächsten Morgen rief Robin Hood seine Förster zusammen und bat Little John, zur Erbauung des Barons die Gesetze ihrer Forstgesellschaft durchzulesen. Little John las mit stentorophoner Stimme vor.

„Bei einem Obersten Förstergericht, das eine Stunde nach Sonnenaufgang unter dem Greenwood-Baum abgehalten wurde, sagten der Präsident von Robin Hood, der Vizepräsident von William Scarlet und der Sekretär von Little John: Die folgenden Artikel, eingereicht von Friar Tuck in seiner Eigenschaft als Peer Spiritual, und unterstützt von Much the Miller, wurden einstimmig angenommen.

„Die Prinzipien unserer Gesellschaft sind sechs: Legitimität, Gerechtigkeit, Gastfreundschaft, Ritterlichkeit, Keuschheit und Höflichkeit.

„Die Artikel der Legitimität sind vier:

"ICH. Unsere Regierung ist legitim, und unsere Gesellschaft basiert auf der einen goldenen Rechtsregel, die durch die universelle Zustimmung der Menschheit und durch die Praxis aller Altersgruppen, Einzelpersonen und Nationen geweiht ist: nämlich zu behalten, was wir haben, und zu fangen was wir können.

„II. Da unsere Regierung legitim ist, sollen alle unsere Verfahren legitim sein. Deshalb erklären wir der ganzen Welt den Krieg, und jeder Förster ist durch diese legitime Erklärung legitimerweise mit einer umherziehenden Kommission ausgestattet, die aus allem , was ihm in den Weg kommt, einen rechtmäßigen Preis macht.

„III. Alle Forstgesetze außer unserem eigenen erklären wir für null und nichtig.

„IV. Alle alten Gesetze Englands, die die Ansichten dieser ehrenwerten Versammlung in keiner Weise beeinträchtigen oder ihnen entgegenstehen, werden wir treu befolgen und aufrechterhalten. Den Rest erklären wir für null und nichtig, soweit er sich auf uns selbst bezieht, in allen Fällen, in denen eine über das Gesetz hinausgehende Tatkraft unserem eigenen Interesse und unserer Erhaltung förderlich sein kann."

„Die Artikel des Eigenkapitals sind drei:

"ICH. Da das Machtgleichgewicht unter den Menschen sehr gestört ist, weil der eine zu viel und der andere nichts hat, beschließen wir hiermit, einen Kongress oder ein Gerechtigkeitsgericht zu gründen, um das besagte natürliche Machtgleichgewicht soweit wie möglich wiederherzustellen, indem wir nehmen von allen, die zu viel von dem Gesagten haben, zu viel, als wir in die Finger bekommen können; und denen, die nichts haben, einen Teil davon zu geben, von dem wir uns trennen möchten.

„II. In allen Fällen soll ein Quorum von Förstern ein Gericht der Billigkeit bilden, und so viele, die stark genug sind, um die anstehende Angelegenheit zu verwalten, bilden ein Quorum.

„III. Alle Wucherer, Mönche, Höflinge und anderen Drohnen des großen Bienenstocks der Gesellschaft, die mit irgendeinem Teil des Honigs beladen vorgefunden werden, den sie der fleißigen Biene zu Unrecht entzogen haben, sollen ihrerseits zu Recht davon beraubt werden; und alle Bischöfe und Äbte sollen gefesselt und geschlagen werden, 5 besonders der Abt von Doncaster; ebenso wie alle Sheriffs, insbesondere der Sheriff von Nottingham.

„Die Artikel der Gastfreundschaft sind zwei:

"ICH. Postboten, Boten und Marktleute, Bauern und Mechaniker, Bauern und Müller sollen ohne Erlaubnis oder Belästigung durch unsere Waldgebiete ziehen.

„II. Alle anderen Reisenden durch den Wald sind herzlich eingeladen, an Robins Gastfreundschaft teilzuhaben. und wenn sie nicht freiwillig kommen , werden sie gezwungen werden; und der Reiche wird seinen Unterhalt gut bezahlen; und der arme Mann soll ungeschoren davon schmausen und vielleicht eine Prämie erhalten, die seinem Verdienst und seiner Not entspricht.

„Der Artikel der Ritterlichkeit ist einer:

"ICH. Jeder Förster soll im Rahmen seiner Macht Mägden, Witwen und Waisen sowie allen schwachen und notleidenden Menschen helfen und sie beschützen, und keine Frau darf in irgendeiner Weise behindert oder belästigt werden; und keiner Gesellschaft soll Schaden zugefügt werden, der irgendeiner Frau widerfährt.

„Der Artikel der Keuschheit ist einer:

"ICII. Jeder Förster, der Dianas Förster und Diener des Mondes ist, soll sich der Gnade der Jungfrau anvertrauen und die Gabe der Enthaltsamkeit bei Androhung der Ausweisung erhalten, damit der Artikel der Ritterlichkeit vor Übergriffen geschützt sei und Mägde, Ehefrauen, und Witwen gehen ohne Furcht durch den Wald.

„Der Artikel der Höflichkeit ist einer:

"ICH. Niemand darf einen Förster falsch bezeichnen. Derjenige, der Robin Robert von Huntingdon nennt oder ihn mit einem anderen Titel oder einer anderen Bezeichnung als dem einfachen Robin Hood begrüßt; oder wer Marian Matilda Fitzwater nennt oder sie mit einem anderen Titel oder einer anderen Bezeichnung als der einfachen Maid Marian begrüßt; und so von allen anderen; Für jedes derartige Vergehen wird eine Mark einbehalten, die dem Mönch zu zahlen ist.

„Und wir schwören, diese Artikel einzuhalten, da wir gute und treue Männer sind. Durch Akklamation getragen. Gott schütze König Richard.

„KLEINER JOHN, Sekretär.“

„Ausgezeichnete Gesetze“, sagte der Baron, „ausgezeichnet, beim heiligen Kreuz.“ Wilhelm von der Normandie hätte es mit meinem Ururgroßvater Fierabras an seiner Seite nicht besser machen können. Und jetzt, süßer Mawd —“

„Eine Geldstrafe, eine Geldstrafe“, rief der Mönch, „eine Geldstrafe, nach dem Artikel der Höflichkeit.“

„Ods Leben“, sagte der Baron, „soll ich meine eigene Tochter nicht Mawd nennen ? Ich denke, es sollte eine besondere Ausnahme zu meinen Gunsten geben .“

„Das darf nicht sein“, sagte Robin Hood: „Unsere Verfassung lässt keine Privilegien zu.“

„Aber ich werde pendeln“, sagte der Mönch; „Für zwanzig Mark im Jahr, die du ordnungsgemäß in meine Geistertasche zahlst, sollst du deine Tochter Mawd zweihundertmal am Tag rufen.“

„Gramercy“, sagte der Baron, „und ich stimme zu, ehrlicher Mönch, wenn ich zwanzig Mark bezahlen kann; denn bis Prinz John aus Nottingham vertrieben wird, dürften sich meine Mieten als dürftig erweisen.“

„Ich vertraue darauf“, sagte der Mönch, „und so lasst uns die Bestimmung ratifizieren; so sollen unsere Gesetze und Ihre Übertretung in einer gütlichen Parallele verlaufen.“

„Aber“, sagte Little John, „das ist ein schlechter Präzedenzfall, Meistermönch.“ Es verwandelt Disziplin in Profit, Strafe in Nebenverdienst, öffentliche Gerechtigkeit in private Einnahmen. Das ist Rangverderbnis, Meistermönch.“

„Warum werden Gesetze gemacht?“ sagte der Mönch. „Zum Nutzen von jemandem. Von wem? Von dem, der sie zuerst macht, und von anderen, wie es auch sein mag. War ich im letzten Artikel nicht Gesetzgeber, und sollte ich nicht durch mein eigenes Gesetz gedeihen?"

„Na dann, süßer Mawd ", sagte der Baron, „ich muss dich verlassen, Mawd : Dein Leben ist sehr gut für die Jungen und Herzlichen, aber es passt weder zu meinem Alter noch zu meinem Humor ." Ich muss Haus, Mawd . Ich muss Zuflucht finden: aber wo? Das ist hier die Frage."

„Wo Sir Guy of Gamwell es gefunden hat", sagte Robin Hood, „nahe der Grenze von Barnsdale. Dort kannst du in Sicherheit bei ihm und der schönen Alice wohnen, bis König Richard zurückkommt und Little John dir sicheres Geleit gewähren wird. Sie müssen mit Vorsicht reisen, verkleidet und ohne Begleiter, denn Prinz John beherrscht die gesamte Umgebung und wird zweifellos das Land für Sie und Marian bestimmen. Jetzt ist es zunächst sinnvoll, Ihre Gefolgsleute zu entlassen. Wenn es jemanden unter ihnen gibt, dem unser Leben gefällt, kann er bei uns im grünen Wald bleiben; der Rest könnte in seine Heimat zurückkehren."

Einige der Männer des Barons beschlossen, bei Robin und Marian zu bleiben, und wurden entsprechend mit grünen Anzügen ausgestattet, die Robin immer gut aufbewahrte.

Marian erklärte nun, dass sie Little John und den Baron begleiten würde, da auf dem Weg nach Barnsdale Gefahr bestehe, da sie nicht glücklich sein würde, wenn sie nicht selbst sähe, wie ihr Vater in Sicherheit gebracht würde. Robin wollte dem nicht zustimmen und versicherte ihr, dass für sie mehr Gefahr bestehe als für den Baron: Aber Marian war absolut.

„Wenn ja", sagte Robin, „dann werde ich anstelle von Little John Ihr Führer sein, und ich werde ihn und Scarlet während meiner Abwesenheit als gemeinsame Regenten von Sherwood zurücklassen, und die Stimme von Bruder Tuck wird zwischen ihnen den Ausschlag geben, wenn sie es tun." unterscheiden sich in schönen Fragen der Staatspolitik." Marian wandte dagegen ein, dass für Robin eine größere Gefahr bestehe als für sie selbst oder den Baron: Aber Robin war seinerseits unumschränkt.

„Sprich nicht von meiner Stimme", sagte der Mönch; „Denn wenn Marian ein fahrendes Mädchen wäre, werde ich ihr gespenstischer Knappe sein."

Robin bestand darauf, dass dies nicht der Fall sein dürfe, da die Anzahl sie nur einem größeren Risiko aussetzen würde, entdeckt zu werden. Nach einiger Debatte stimmte der Mönch widerwillig zu.

Während sie diese Dinge besprachen, hörten sie in der Ferne das Geräusch von Pferdefüßen.

„Geh", sagte Robin zu Little John, „und lade den Reiter dort zum Abendessen ein."

Der kleine John sprang davon und kam bald vor einen jungen Mann, der melancholisch ritt, dessen Zaum lose am Hals des Pferdes hing und dessen Augen zum Boden gesenkt waren.

„Wohin gehst du?" sagte Little John.

„Wohin auch immer mein Pferd will", sagte der junge Mann.

„Und das soll sein", sagte Little John, „wohin es mir gefällt, ihn zu führen." Ich habe den Auftrag, Sie zum Essen mit meinem Herrn einzuladen."

„Wer ist dein Meister?" sagte der junge Mann.

„Robin Hood", sagte Little John.

„Der mutige Gesetzlose?" sagte der Fremde. „Weder er noch du hätten mich gestern dazu bringen sollen, einen Zentimeter zur Seite zu weichen; aber heute ist es mir egal.

„Dann ist es besser für dich", sagte Little John, „dass du heute kommst als gestern, wenn du es liebst, in voller Haut zu speisen: denn mein Herr ist der König der Höflichkeit: aber wenn seine Gäste stur sind, begießt er." sie und sein Wildbret zusammen, während der Mönch vor dem Fleisch die Messe hält."

Der junge Mann gab keine Antwort und schien kaum zu hören, was Little John sagte. Deshalb nahm er das Pferd am Zaum und führte es dorthin, wo Robin und seine Förster ihr Abendessen anrichteten. Robin setzte den jungen Mann neben Marian. Er erholte sich ein wenig von seiner Benommenheit und blickte sie, den Baron, Robin und den Mönch voller Erstaunen an. lauschte ihrer Unterhaltung und schien sehr erstaunt zu sein, sich in so heiliger und höfischer Gesellschaft zu befinden. Robin half ihm größtenteils beim Rumble-Pie, Cygnet und Fasan und den anderen Leckereien seines Tisches; und der Mönch spendete ihm Ale und Wein und ermahnte ihn, guten Mutes zu sein. Aber der junge Mann trank wenig, aß weniger, sprach nichts und seufzte hin und wieder schwer.

Als die Mahlzeit zu Ende war, sagte Robin: „Jetzt steht es Ihnen frei, Ihre Reise fortzusetzen; aber freuen Sie sich zunächst, Ihr Abendessen zu bezahlen."

„Das würde ich gerne tun, Robin", sagte der junge Mann, „aber alles, was ich bei mir habe, sind fünf Schilling und ein Ring. Für die fünf Schilling bist du willkommen, aber für den Ring werde ich kämpfen, solange noch ein Tropfen Blut in meinen Adern fließt."

„Galant gesprochen", sagte Robin Hood. „Ohne Zweifel ein Liebesbeweis: Aber Sie müssen sich unseren Waldgesetzen unterwerfen.

Little John muss suchen; und wenn er nicht mehr findet, als du sagst, werde ich keinen Penny anrühren; aber wenn du falsch geredet hast, verfällt das Ganze unserer Bruderschaft."

„Und das mit gutem Grund", sagte der Mönch; „Denn dadurch wird die Wahrheit aufrechterhalten. Der Abt von Doubleflask schwor, dass sich in seinem Koffer kein Geld befand, und Little John leerte ihn sofort um vierhundert Pfund. So war der Meineid des Abtes nur eine Minute lang; denn obwohl seine Rede in der Äußerung falsch war, wurde sie kaum ausgesprochen, als sie wahr wurde, und wir hätten daran teilnehmen sollen Criminis haben zugelassen, dass der heilige Abt in der Lüge abreiste; während er als falscher Priester zu uns kam, und wir ihn als wahrer Mann wegschickten. Heirate, wir haben seinen Umhang einer weiteren Bedeutung zugewandt und damit eine Geschichte aufgehängt, die entweder gesagt oder gesungen werden kann; denn in Wahrheit bin ich hier sowohl Minnesänger als auch Kaplan; Ich bete für den guten Erfolg unserer gerechten und notwendigen Kriegsführung und singe Dankesgesänge, wenn unsere Förster Beute einbringen:

> *Der mutige Robin hat ihn in gespenstische Gewänder gehüllt ,*
>
> *Und weg ist er wie ein heiliger Mönch,*
>
> *Singen, hey down, ho down, down, derry down:*
>
> *Und bald wurde er sich der zwei grauen Mönche bewusst,*
>
> *Sich mit köstlichen Gerichten verwöhnen,*
>
> *Alles auf den gefallenen Blättern so braun.*

> *„Guten Morgen, gute Brüder", sagte der mutige Robin*
>
> *Haube,*
>
> *„Und was machst du im guten grünen Wald,*
>
> *Singen hey down, ho down, down, derry down!*
>
> *Nun gib mir, ich bitte dich, Wein und Essen;*
>
> *Denn niemand kann ich im guten grünen Wald finden,*
>
> *Alles auf den abgefallenen Blättern ist so braun. "*

> *„Guter Bruder", sagten sie, „wir würden dir gern alles geben,*
>
> *Aber wir haben nicht mehr als genug für zwei,*

Singen: Hey down, ho down, down, derry down.“

„Dann gib mir etwas Geld“, sagte der mutige Robin Hood.

„Denn niemand kann ich im guten grünen Wald finden,

Alles auf den abgefallenen Blättern ist so braun.“

„Wir haben kein Geld, guter Bruder“, sagten sie:

„Dann“, sagte er, „werden wir drei um Geld beten:

Singen, hey down, ho down, down, derry down:

Und was auch immer am Ende unseres Gebets kommen wird,

Wir drei heiligen Brüder werden fromm teilen,

Alles auf den abgefallenen Blättern ist so braun.“

„Wir werden nicht mit dir beten, guter Bruder, Gott was!

Denn wahrlich, guter Bruder, du gefällst uns nicht,

Singen: „Hey down, ho down, down, derry down:“

Dann rannten sie beide von Robin nach oben,

Aber auf die Knie zog Robin jeden von ihnen,

Alles auf den gefallenen Blättern so braun.

Die grauen Brüder beteten mit traurigem Gesicht,

Aber der kühne Robin betete mit einer richtigen, fröhlichen Gnade,

Singen, hey down, ho down, down, derry down:

Und als sie gebetet hatten, nahm er ihren Koffer und

Und daraus schüttelte er hundert gute Engel,

Alles auf den gefallenen Blättern so braun.

„Die Heiligen“, sagte der kühne Robin, „haben unser Gebet erhört,

Und hier ist jeweils ein guter Engel für Ihren Anteil:

Wenn Sie mehr hätten, müssen Sie gewinnen, bevor Sie Folgendes tragen:

Singen: „Hey down, ho down, down, derry down:"

Dann blies er sein gutes Horn mit musikalischem Jubel,

Und fünfzig grüne Bogenschützen marschierten in voller Schar heran ,

Und weg von den grauen Brüdern sprangen sie wie Hirsche,

Alles auf den gefallenen Blättern so braun.

KAPITEL XIII

Was kann ein junges Mädchen, was soll ein junges Mädchen,

Was kann ein junges Mädchen mit einem alten Mann tun?

– VERBRENNUNGEN.

„Hier sind nur fünf Schilling und ein Ring", sagte Little John, „und der junge Mann hat die Wahrheit gesagt."

„Dann", sagte Robin zu dem Fremden, „wenn Geldmangel die Ursache Ihrer Melancholie ist, sprechen Sie." Little John ist mein Schatzmeister, und er wird es an Sie auszahlen."

„Es ist so und es ist nicht so", sagte der Fremde; „Das liegt daran, dass ich meine Liebe nie verloren hätte, wenn ich kein Geld gewollt hätte; Das ist nicht der Fall, denn jetzt, wo ich sie verloren habe, käme das Geld zu spät, um sie wiederzugewinnen."

„Auf welche Weise hast du sie verloren?" sagte Robin: „Lassen Sie uns deutlich wissen, dass sie nicht mehr wiederhergestellt werden kann, bevor wir unseren Wunsch aufgeben, sie Ihnen zurückzugeben."

„Sie soll heute verheiratet sein", sagte der Fremde, „und vielleicht wird sie dadurch mit einem reichen alten Ritter verheiratet; und gestern wusste ich es nicht."

"Wie heißt du?" sagte Robin.

„Allen", sagte der Fremde.

„Und wo soll die Hochzeit stattfinden, Allen?" sagte Robin.

„In der Kirche von Edwinstow ", sagte Allen, „vom Bischof von Nottingham."

„Ich kenne diesen Bischof", sagte Robin; „Seitdem hat er vor einem Monat bei mir gegessen und dreihundert Pfund für sein Abendessen bezahlt. Er hat ein gutes Gehör und liebt Musik. Der Mönch sang ihm eine Melodie vor. Gib mir meinen Harfnerumhang und ich werde bei dieser Hochzeit eine Rolle spielen.

„Das sind gefährliche Zeiten, Robin", sagte Marian, „für das Spielen von Streichen aus dem Wald."

„Fürchte dich nicht", sagte Robin; „ Edwinstow liegt nicht im Bezirk Nottingham, und ich werde meine Vorsichtsmaßnahmen treffen."

Robin zog seinen Harfnerumhang an, während Little John seine Augenbrauen und Wangen bemalte, seine Nase mit Rot spitzte und ihm einen hübschen Bart aufsetzte. Marian gestand, dass sie, wenn sie nicht bei der Metamorphose dabei gewesen wäre, ihren wahren Robin nicht hätte kennen lernen dürfen. Robin nahm seine Harfe und ging zur Hochzeit.

Robin fand den Bischof und seine Schleppe auf der Kirchenvorhalle und erwartete ungeduldig die Ankunft der Braut und des Bräutigams. Der Schreiber teilte dem Bischof mit, dass der Ritter etwas an Gicht litt und dass die Notwendigkeit, die letzte Viertelmeile von der Straße bis zum Kirchhof zu Fuß zurücklegen zu müssen, den lebhaften Bräutigam wahrscheinlich länger aufhielt, als erwartet worden war.

"Oh! „Bei meiner Fee", sagte der musikbegeisterte Bischof, „hier kommt gerade noch rechtzeitig ein Harfenspieler, und jetzt ist es mir egal, wie lange sie warten." Ho! Ehrlicher Freund, bist du gekommen, um bei der Hochzeit zu spielen?"

„Ich bin gekommen, um überall zu spielen", antwortete Robin, „wo ich eine Tasse Sack bekommen kann; Dafür werde ich in erhabenen Versen das Lob des Spenders singen und ihn mit jeder Tugend schmücken, die er besitzen möchte, ohne sich die Mühe machen zu müssen, sie zu praktizieren .

„Ein höchst höflicher Harfner", sagte der Bischof; „Ich werde dich mit Säcken füllen; Ich werde dich zu einem wandelnden Sack machen, wenn du meine Ohren mit deinen Melodien erfreust."

„Das werde ich", sagte Robin; „In welchem Bereich meiner Kunst soll ich meine Fähigkeiten ausüben? Mir geht es in allem gut, von der Hymne bis zum Freudenlied und vom Klagelied bis zum Coranto."

„Es wäre müßig", sagte der Bischof, „dir einen Sack dafür zu geben, dass du mir Hymnen vorspielst, da ich selbst einen Sack dafür bekomme, dass ich sie gesungen höre." Deshalb sollst du mir, da der Anlass festlich ist, ein Coranto spielen."

Robin schlug zu und spielte fröhlich, während der Bischof die ganze Zeit über in großer Freude nickte und mit dem Fuß den Takt schlug, bis die Braut und der Bräutigam erschienen. Der Bräutigam war reich gekleidet und kam langsam und mühsam vorwärts, humpelte und grinste und verzog den Mund zu einem Lächeln entschlossenen Trotzes gegen die Gicht und zärtlicher Selbstgefälligkeit gegenüber seiner Geliebten, die beim alten Ritter wie Gold glänzte Auf Kosten folgte sie langsam zwischen ihrem Vater und ihrer Mutter hin und her, ihre Wangen waren blass, ihr Kopf war gesenkt, ihre Schritte stockten und ihre Augen waren von Tränen gerötet.

Robin hörte mit seinem Minnesang auf und sagte zum Bischof: „Das scheint mir ein unpassendes Spiel zu sein."

„Was sagst du, Schlingel?" sagte der alte Ritter und humpelte auf ihn zu.

„Ich sage", sagte Robin, „das scheint mir ein unpassendes Spiel zu sein." Was, um Himmels willen, kann man sich von einer jungen Frau wünschen, die mit einem Fuß im Flanell und mit dem anderen im Grab steht?"

„Was geht dich das an, mein Herr?" sagte der alte Ritter; „Geh weg von der Veranda, sonst zerbreche ich deinen Wandleuchter mit meinem Stock."

„Ich werde mich nicht von der Veranda fernhalten", sagte Robin, „es sei denn, die Braut bittet mich darum und sagt mir, dass du ihre wahre Liebe bist."

„Sprich", sagte der Vater der Braut in strengem Ton und mit einem Ausdruck deutlich drohender Miene. Das Mädchen sah abwechselnd ihren Vater und Robin an. Sie versuchte zu sprechen, aber ihre Stimme versagte bei dieser Anstrengung und sie brach in Tränen aus.

„Hier gibt es einen rechtmäßigen Grund und ein gerechtes Hindernis", sagte Robin, „und ich verbiete die Verbote."

„Wer bist du, Bösewicht?" sagte der alte Ritter und stampfte vor Wut mit seinem gesunden Fuß auf.

„Ich bin das römische Gesetz", sagte Robin, „das besagt, dass zwischen einem Mann und seiner Frau nicht mehr als zehn Jahre liegen dürfen; und hier sind fünf mal zehn: und so sagt das Naturgesetz."

„Ehrlicher Harper", sagte der Bischof, „Sie sind hier etwas übertrieben und weniger höflich, als ich Sie fand. Wenn du Sack liebst, verzichte darauf; denn dieser Kurs wird dir niemals einen Tropfen bringen. Was Ihr römisches Gesetz und Ihr Naturgesetz betrifft, welches Recht haben sie, etwas zu sagen , was das Gesetz der Heiligen Schrift nicht sagt?"

„Das Gesetz der Heiligen Schrift sagt es", sagte Robin; „Ich erkläre es sozusagen; und ich werde sechzig Kommentatoren hervorbringen, um meine Darstellung zu begründen."

Und als er dies sagte, zog er ein Horn unter seinem Umhang hervor und blies drei Schüsse, und sechzig grüne Bogenschützen sprangen aus den Büschen und Bäumen; und der junge Allen war der Erste unter ihnen, der Robin sein Schwert gab, während Bruder Tuck und Little John zum Altar marschierten. Robin zog dem Bischof und dem Angestellten ihre Gewänder aus und zog sie dem Mönch und Little John an; und Allen trat vor, um die Hand der Braut zu ergreifen. Ihre Wangen wurden rot und ihre Augen leuchteten, als sie ihre Hand in die ihres Geliebten legte und leichtfüßig mit ihm in die Kirche stolperte.

„Diese Ehe wird nicht bestehen", sagte der Bischof, „denn sie wurden nicht dreimal in der Kirche gebeten."

„Wir werden sie sieben Mal fragen", sagte Little John, „damit drei nicht ausreichen."

„Und in der Zwischenzeit", sagte Robin, „werden der Ritter und der Bischof zu meiner Harfe tanzen."

So saß Robin auf der Kirchenvorhalle und spielte fröhlich, während seine Förster einen Kreis bildeten, in dessen Mitte der Ritter und der Bischof mit vorbildlicher Eifer tanzten; und wenn sie ihre Anstrengungen nachließen, berührte Scarlet sie sanft mit der Spitze eines Pfeils.

Der Ritter verzog reumütig das Gesicht und flehte Robin an, an seine Gicht zu denken.

„ Das tue ich", sagte Robin; „Das ist das wahre Antipodagron : Du sollst die Gicht wegtanzen und mir dankbar sein, solange du lebst. Ich habe dir gesagt ", fügte er dem Bischof hinzu, „ich würde bei dieser Hochzeit spielen; aber du hast mir nicht gesagt, dass du darauf tanzen würdest. Denken Sie beim nächsten Paar, das Sie heiraten, an das römische Gesetz."

Der Bischof war zu außer Atem, um zu antworten; Und nun verließ das junge Paar die Kirche, und nachdem die Braut ihren Eltern eine Abschiedsverbeugung erwiesen hatte, zogen sie zusammen mit den Förstern ab, die Eltern stürmten, die Diener lachten, der Bischof schnaufte und blies und der Ritter rieb sich seinen gichtigen Fuß. und er äußerte traurige Wehklagen über das Gold und die Juwelen, mit denen er die Braut so unwissentlich geschmückt und geduckt hatte.

KAPITEL XIV

Wie ihr aus dem Heiligen Land gekommen seid

Vom gesegneten Walsinghame ,

Oh, traf dich nicht mit meiner wahren Liebe,

Wie seid ihr übrigens gekommen?

– Alte Ballade.

Gemäß der im zwölften Kapitel aufgezeichneten Vereinbarung verkleideten sich der Baron, Robin und Marian als Pilger, die aus Palästina zurückkehrten und von der Küste Hampshires zu ihrem Haus in Northumberland reisten. Mithilfe von Stab, Muschelschale, Sandale und Rucksack legten sie den größten Teil des Weges sicher zurück (denn Robin hatte zwischen Barnsdale und Sherwood viele schlaue Gasthäuser und Rastplätze) und befanden sich bereits an der Grenze von Yorkshire Eines Abends kamen sie in Sichtweite einer Burg vorbei, wo sie eine Dame auf einem Türmchen stehen sahen und die gesamte Ausdehnung des Tals, durch das sie gingen, überblickten. Ein Diener kam aus der Burg gerannt und überbrachte ihnen eine Botschaft seiner Dame, die krank war und auf Neuigkeiten von ihrem Herrn aus dem Heiligen Land wartete, und bat sie, zu ihr zu kommen, damit sie sie über ihn befragen könne. Dies war ein unangenehmer Vorfall: Aber es gab keine Möglichkeit, sich zu weigern, und sie folgten dem Diener ins Schloss. Der Baron, der in seiner Jugend in Palästina gewesen war, verpflichtete sich, bei dieser Gelegenheit als Sprecher aufzutreten und der Dame seine eigenen Erlebnisse so zu erzählen, wie sie dem betreffenden Herrn widerfahren seien. Diese Vorbereitung ermöglichte es ihm, in seinen Einzelheiten so genau und umsichtig zu sein und in seinen Antworten auf ihre Fragen so kohärent zu sein, dass die Dame stillschweigend in die Täuschung verfiel und erfreut war, als sie feststellte, dass ihr Herr lebte, gesund und in bester Verfassung war Er genoss die Gunst des Königs und vollbrachte im Namen seiner Dame, deren Miniatur er immer an seiner Brust trug, Wunder der Tapferkeit. Der Baron vermutete diesen Umstand aus den damaligen Sitten und hatte recht.

„Diese Miniatur", fügte der Baron hinzu, „ich hatte das Glück, sie zu sehen, und hätte Sie unter einer Million daran erkennen sollen." Der Baron war ein wenig verlegen über einige Fragen der Dame bezüglich des persönlichen Aussehens ihres Herrn; aber Robin kam ihm zu Hilfe, als er ein ihm gegenüber an der Wand hängendes Bild bemerkte, von dem er die kühne Vermutung anstellte, es sei das des betreffenden Herrn; und er berechnete die Einflüsse von Zeit und Krieg, die er mit einem Vergleich des Alters der Dame verglich, und gab eine Beschreibung ihres Herrn, die dem Bild in seinen Grundlagen hinreichend ähnelte, um eine echte Ähnlichkeit herzustellen, und sich in den Umständen hinreichend von ihm unterschied mehr ein Original als eine Kopie sein. Die Dame wurde völlig getäuscht und bat sie, für die Nacht an ihrer Gastfreundschaft teilzuhaben; Sie hielten es jedoch für ratsam, dies abzulehnen, und mit vielen demütigen Danksagungen für ihre Freundlichkeit und dem Zeichen der Notwendigkeit, ihren Heimweg nicht zu verzögern, setzten sie ihren Weg fort.

Als sie über die Zugbrücke gingen, trafen sie Sir Ralph Montfaucon und seinen Knappen, die auf der Suche nach Marian umherzogen und eintraten, um die Gastfreundschaft in Anspruch zu nehmen, die die Pilger abgelehnt hatten. Ihre Gesichter trafen Sir Ralph mit einer Art unvollkommenen Wiedererkennens, das niemals ausgereift gewesen wäre, wenn nicht die Augen von Marian, als sie an ihm vorbeikam, auf seine trafen und die Bilder dieser Sterne der Schönheit weiterhin unwillkürlich in seinem Sensorium funkelten Ausschluss aller anderen Ideen, bis Erinnerung, Liebe und Hoffnung mit der Vorstellungskraft zusammentrafen und einen wahrscheinlichen Grund dafür lieferten, dass sie ihn so hartnäckig verfolgten. Diese Augen, dachte er, waren sicherlich die Augen von Matilda Fitzwater; und wenn die Augen ihr gehörten, war es äußerst wahrscheinlich, wenn nicht sogar logisch aufeinanderfolgend, dass der Rest des Körpers, zu dem sie gehörten, auch ihr gehörte. Wenn es nun wirklich Matilda Fitzwater war, wer waren dann ihre beiden Begleiter? Der Baron? Ja, und der ältere Pilger war so etwas wie er. Und der Graf von Huntingdon? Sehr wahrscheinlich. Der Earl und der Baron könnten wieder gute Freunde sein, jetzt, da sie beide gemeinsam in Ungnade gefallen waren. Während er diese Überlegungen anstellte, wurde er der Dame vorgestellt, und nachdem er das Versprechen der Gastfreundschaft in Anspruch genommen und erhalten hatte, erkundigte er sich, was sie über die Pilger wisse, die gerade abgereist waren? Die Dame erzählte ihm, dass sie gerade aus Palästina zurückgekehrt seien und sich lange im Heiligen Land aufgehalten hätten. Der Ritter äußerte diesbezüglich eine gewisse Skepsis . Die Dame antwortete, dass sie ihr so genaue Einzelheiten über die Vorgehensweise ihres Herrn und eine so genaue Beschreibung seiner Person gegeben hätten, dass sie sich darin nicht täuschen könne. Dies erschütterte das Vertrauen des Ritters in seine eigene Durchschlagskraft; und wenn es im Rittertum nicht eine Ketzerei gewesen wäre, auch nur einen Augenblick anzunehmen, dass es in rerum natura ein weiteres Augenpaar wie die seiner Geliebten geben könnte, hätte er sich bedingungslos dem Urteil der Dame angeschlossen. Doch während die Dame und der Ritter sich unterhielten, blies der Wächter sein Signalhorn und trat bald zu einem vertraulichen Boten aus Palästina herein, der ihr mitteilte, dass es ihrem Herrn gut ginge; Er ging aber auf Einzelheiten seiner Abenteuer ein, die völlig im Widerspruch zu der Erzählung des Barons standen und der kein einziger Vorfall auch nur den geringsten Anstrich von Ähnlichkeit verlieh. Es zeigte sich nun, dass die Pilger keine wahren Männer waren; und Sir Ralph Montfaucon Setze dich zum Abendessen, den Kopf voller Gedanken, die wir ihm überlassen werden, um sie mit seinem Fasan und seinem Kanarienvogel zu kauen und zu verdauen.

Unterdessen setzten unsere drei Pilger ihren Weg fort. Der Abend war dunkel und düster, als Robin vom Hauptweg abwich, um auf einem schmalen Weg, der zwischen felsigen und bewaldeten Hügeln führte, ein Asyl für die Nacht zu suchen. Ein Bauer beobachtete die Pilger, als sie diesen engen Pass betraten, und rief ihnen nach: „Wohin geht ihr, meine Herren? Es gibt Schurken in dieser Richtung."

„Können Sie uns eine Richtung zeigen", sagte Robin, „in der es keine gibt? Wenn ja, werden wir es bevorzugen." Der Bauer grinste und ging pfeifend davon.

Je weiter sie vorrückten, desto breiter wurde der Pass, und die Wälder um sie herum wurden immer dichter und dunkler. Ihr Weg schlängelte sich am Hang eines bewaldeten Abhangs entlang, der sich in einem dichten Laubwall hoch über ihnen erhob, und führte fast steil hinab zum Bett eines kleinen Flusses, den sie in seinem felsigen Bett rauschen hörten und dessen weißen Schaum schimmern sahen in Abständen in den letzten schwachen Schimmern der Dämmerung. In kurzer Zeit war es dunkel, und die zunehmende Stimme des Windes kündigte einen bevorstehenden Sturm an. Sie bogen um eine Ecke des Tals und sahen unter sich in der Tiefe der Mulde ein Licht, das durch ein Fensterfenster der Hütte schien und in seinem Spiegelbild auf dem ruhelosen Bach tanzte. Robin blies in sein Horn, was von unten beantwortet wurde. Die Tür der Hütte öffnete sich: Ein Junge kam mit einer Fackel heraus, stieg den Steilhang hinauf, zeigte Zeichen seiner großen Freude über die Begegnung mit Robin und zündete sie an, eine grob in den Fels gehauene Treppe hinunter und über eine Reihe schroffer Trittsteine , der den Flusskanal überquerte. Sie betraten die Hütte, die Sauberkeit, Komfort und Fülle ausstrahlte, reichlich mit Töpfen, Pfannen und Pipkins ausgestattet und mit Speckstücken und verschiedenen ähnlichen Ornamenten geschmückt war, die im Feuerschein, der auf den Dachsparren schimmerte, vielversprechend wirkten. Eine Frau, die gerade alt genug zu sein schien, um die Mutter des Jungen zu sein, hatte vor Freude beim Klang von Robins Horn ihr Spinnrad heruntergeworfen und war mit ungewöhnlicher Eifer dabei, ihre festlichen Waren anzubieten und ein üppiges Abendessen zuzubereiten. Ihre Gesichtszüge waren zwar nicht schön, aber doch angenehm und ausdrucksvoll und leuchteten nun beim Anblick Robins in solch offenkundiger Freude, dass Marian nicht umhin konnte, einen Augenblick lang einen Anflug von Eifersucht zu verspüren und den halbherzigen Verdacht zu hegen, dass Robin die seinen gebrochen hatte Sie haben das Forstgesetz verletzt und sind gelegentlich über die Grenzen hinausgegangen, wie es andere große Männer gelegentlich getan haben, um den Bruch des Geistes mit der Wahrung des Buchstabens ihrer eigenen Gesetzgebung in Einklang zu bringen. Allerdings wurde dieser Verdacht, wenn man ihn überhaupt bei einem so großzügigen Geist wie Marian vermuten konnte, sehr bald durch das Eintreten des Mannes der Frau zerstreut, der genauso viel Freude zeigte wie seine Frau beim Anblick Robins; und in kurzer Zeit saß die ganze Gesellschaft freundschaftlich bei einem rauchenden Abendessen aus Flussfisch und Wildgeflügel, dem der Baron mit so viel Eifer zustimmte, als wäre er ein echter Pilger aus Palästina.

Der Ehemann holte einige uralte Weinflaschen hervor, die er in einem Behälter abstellte, der Robin geweiht war, dessen gelegentliche Besuche bei seinen Wanderungen die Festtage dieser warmherzigen Häusler waren, deren Manieren zeigten, dass sie dazu nicht geboren waren niedriges Anwesen. Ihre Geschichte hatte kein Geheimnis, und Marian konnte es anhand des Inhalts ihrer Unterhaltung leicht erkennen. Der junge Mann war wie Robin das Opfer eines Wucherabtes geworden und wegen Schulden geächtet worden, und seine nussbraune Magd hatte ihn in die Tiefen von Sherwood begleitet, wo sie ein unheiliges und uneheliches Leben führten und das Leben des Königs töteten Hirsche und nie eine Messe hören. In diesem Zustand entdeckte Robin, der damalige Graf von Huntingdon, sie bei einer seiner Jagden und gewährte ihnen Hilfe und Schutz. Als Robin selbst ein Gesetzloser wurde, war die erforderliche Qualifikation oder Gabe der Enthaltsamkeit ein zu strenges Gesetz, als dass unsere Liebhaber es unterschreiben könnten; und da sie dadurch als Förster ungeeignet waren, hatte Robin für sie einen Rückzugsort an diesem romantischen und abgelegenen Ort gefunden. Er hatte anderen Liebhabern in ähnlichen Verhältnissen ähnliche Dienste geleistet und sie in verschiedenen wilden Szenen, die er und seine Männer auf ihren Streifzügen von Ort zu Ort entdeckt hatten, entsandt, indem er sie mit allen Notwendigkeiten und Annehmlichkeiten versorgte, die ihnen die widerwilligen Ausbeutungen dicker Äbte und Wucherer bescherten . Der Nutzen beruhte in gewissem Maße auf Gegenseitigkeit; denn diese Hütten dienten ihm als Rastplätze bei seinen Umzügen und ermöglichten es ihm, unversehrt und unbehelligt zu reisen; und in der Freude, mit der er immer empfangen wurde, fühlte er sich sogar noch willkommener, als er es in einem Gasthaus gewesen wäre; und das bedeutet viel für gemeinsame Dankbarkeit und Zuneigung. Das Lächeln, das ihn umgab, war seine eigene Schöpfung, und er nahm an dem Glück teil, das er geschenkt hatte.

Die Fensterflügel begannen im Wind zu klappern und der Regen prasselte auf die Fenster. Der Wind steigerte sich zu einem Orkan, und der Regen prasselte wie eine Flut gegen das Glas. Der Junge zog sich in sein kleines Bett zurück, die Frau machte die Lampe zurecht, der Mann häufte Holzscheite auf das Feuer: Robin stellte eine weitere Flasche her; und Marian füllte die Tasse des Barons und versüßte Robins Tasse, indem sie den Rand mit ihren Lippen berührte.

„Nun", sagte der Baron, „gib mir ein Dach über dem Kopf, sei es noch nie so bescheiden." Ihr Grünholz-Baldachin ist bei Sonnenschein hübsch und angenehm; aber wenn ich dazu verdammt wäre, darunter zu leben, würde ich mir wünschen, dass es wasserdicht wäre."

„Aber", sagte Robin, „wir haben Zelte und Höhlen für schlechtes Wetter, einen guten Vorrat an Wein und Wildbret und Treibstoff in Hülle und Fülle."

„Ja, aber", sagte der Baron, „ich ziehe nachts gerne meine Stiefel aus, was ihr Förster selten tut, und mache es mir danach in einem bequemen Bett gemütlich. Deine Buchenwurzel ist zu hart für ein Sofa, und dein moosiger Stumpf ist etwas rau für ein Polster."

„Hatten Sie nicht trockene Blätter mit einem Bischofshemd darüber", sagte Robin? Was hätten Sie weicher? Und hattest du nicht den Reiseumhang eines Abtes als Bettdecke? Was hättest du wärmer?"

„Sehr wahr", sagte der Baron, „aber das war ein Genuss für einen Gast, und ich habe die ganze Nacht vom Sheriff von Nottingham geträumt." Ich mag es, mich sicher zu fühlen", fügte er hinzu, streckte seine Beine zum Feuer aus und warf sich mit der Miene eines Mannes, der es unbedingt bequem haben möchte, in seinen Stuhl zurück. „Ich möchte mich sicher fühlen", sagte der Baron.

In diesem Moment ergriff die Frau den Arm ihres Mannes, und die ganze Gesellschaft folgte der Richtung, in die sie blickte, und schaute gleichzeitig zum Fenster, wo sie gerade noch Zeit hatten, einen Blick auf die Erscheinung eines bewaffneten Kopfes zu erhaschen, dessen Gefieder durch die Luft wehte Sturm, auf den das Licht von innen schien und der sofort verschwand.

Kapitel XV

Oh Ritter, dir fehlt eine Tasse Kanarienvogel.

Wann habe ich dich so niedergeschlagen gesehen ? – Zwölfte Nacht.

Reisenden , der sich verirrt hatte, um Schutz vor dem Sturm bat. Robin stand auf und ging zur Tür.

"Was bist du?" sagte Robin.

„Ein Soldat", antwortete die Stimme, „ein unglücklicher Anhänger von Longchamp, der der Rache von Prinz John folgt."

"Bist du allein?" sagte Robin.

„Ja", sagte die Stimme, „es ist eine schreckliche Nacht. Gastfreundliche Häusler, bitte gebt mir Einlass. Ohne den Sturm hätte ich es nicht verlangt. Ich hätte im Wald Wache gehalten."

„Das glaube ich", sagte Robin. „Du hast nicht mit dem Sturm gerechnet, als du in diesen Pass eingebogen bist. Wussten Sie, dass es hier Schurken gibt?"

„Das tue ich", sagte die Stimme.

„Das tue ich auch", sagte Robin.

Es entstand eine Pause, in der Robin, der aufmerksam zuhörte, ein leises Flüstern wahrnahm.

„Du bist nicht allein", sagte Robin. „Wer sind deine Begleiter?"

„Nichts außer dem Wind und dem Wasser", sagte die Stimme, „und ich wollte, ich hätte sie nicht."

„Der Wind und das Wasser haben viele Stimmen", sagte Robin, „aber ich habe sie noch nie sagen hören: Was sollen wir tun?"

Es folgte eine weitere Pause: Danach

„Sehen Sie, Herr Häusler", sagte die Stimme in einem veränderten Ton, „wenn Sie uns nicht freiwillig hereinlassen, werden wir die Tür aufbrechen."

„Ho! ho!" brüllte der Baron, „Ihr seid Plural geworden, nicht wahr, Schurken?" Wie viele gibt es von euch, Diebe? Was, das garantiere ich, dachten Sie daran, einen armen, harmlosen Häusler und seine Frau auszurauben und zu ermorden, und träumten nicht von einer Garnison? Ihr habt nach keiner Waffe des Widerstands gesucht, außer nach Spucke, Schürhaken und einer Schöpfkelle, die von ungeschickten Händen geführt werden; aber, ihr Schurken, hier ist ein kurzes Schwert und ein langer

Knüppel in kriegserprobten Händen, mit denen ihr in Keulen gedrillt und in Mumie geschlagen werden sollt ."

Es erfolgte keine Antwort, aber wütende Schläge von außen hallten an der Tür wider. Robin, Marian und der Baron legten ihre Pilgerkleidung ab und standen bewaffnet in der Verteidigung. Sie wurden mit Schwertern ausgestattet, und der Häusler gab ihnen Schilde und Helme, denn alle Robins Orte waren mit geheimen Waffenkammern ausgestattet . Aber sie hielten ihre Schwerter in der Scheide, und der Baron schwang einen schweren Speer, den er auf die Tür richtete, bereit, durch den ersten zu rennen, der eintreten sollte, und Robin und Marian hielten jeweils einen Bogen, dessen Pfeil an die Spitze gezogen und in die Tür gerichtet war selbe Richtung. Der Häusler schwang einen starken Knüppel (eine Waffe, in deren Gebrauch er besonders geschickt war), und die Frau ergriff den Spieß vom Kamin und hielt ihn, während sie sah, wie der Baron seinen Speer hielt. Der Sturm aus Wind und Regen schlug weiterhin auf das Dach und den Fensterflügel, und der Sturm aus Schlägen hallte gegen die Tür, die schließlich mit einem heftigen Krachen nachgab, und draußen erschien eine Gruppe bewaffneter Männer, scheinbar nicht weniger als zwölf. Hinter ihnen rollte der Bach, der sich nun von einem sanften und flachen Fluss in einen mächtigen und ungestümen Strom verwandelte, der in Wellen aus gelbem Schaum brüllte, teilweise gerötet durch das Licht, das durch die offene Tür strömte, und dessen aufgewühlte Oberfläche sich in Blitzen wechselnden Glanzes aufwirbelte aus unruhigen Massen halbsichtbarer Schatten. Die Trittsteine, über die die Eindringlinge gegangen sein mussten, waren unter Wasser vergraben. Am gegenüberliegenden Ufer fiel das Licht auf die Stämme und Äste der felsigen Eichen und Eschen, die sich im Windstoß hin und her bewegten und mit ihren Blättern über die blitzende Gischt fegten.

In dem Moment, als die Tür aufbrach, feuerten Robin und Marian ihre Pfeile ab. Robins Pfeil traf einen der Angreifer an der Schulterstelle und machte seinen rechten Arm bewegungsunfähig; Marians Pfeil traf einen zweiten an der Kniestelle und machte ihn unbrauchbar; für die Nacht. Der lange Speer des Barons traf den gepanzerten Brustpanzer eines dritten, und als er von dem langarmigen Helden in voller Länge gestreckt wurde, trieb er ihn an den Rand des Wildbachs und stürzte ihn in dessen Wirbel, entlang derer er den Fluss hinuntergeschleudert wurde Die Dunkelheit des herabstürzenden Baches rief vergeblich seine Kameraden um Hilfe, bis seine Stimme im vermischten Rauschen des Wassers und des Windes unterging. Ein vierter, der durch die Tür sprang, wurde vom Knüppel des Häuslers zu Boden geworfen; aber die Frau war weniger geschickt als ihre Gesellschaft, obwohl sie eine starke Amazone war, und verfehlte ihren Pass bei einem fünften und rammte die Spitze des Spießes mehrere Zoll in die rechte Hand Als sie dicht links stand, errichtete sie einen Türpfosten und errichtete so eine neue Barriere, die die Eindringlinge nicht passieren konnten, ohne darunter durchzutauchen und ihre Hälse dem Schwert zu unterwerfen. Doch einer der Angreifer packte sie mit gigantischer Wut und schüttelte sie sofort aus dem Griff seines Inhabers und aus seiner Unterbringung im Posten und machte gleichzeitig den Einbruch des Rests seiner Gruppe in die Hütte wett.

Jetzt tobte ein ungleicher Kampf, denn die Angreifer fielen zu zweit gegen Robin, Marian, den Baron und den Häusler; Während die Frau ihrer Spucke beraubt war, verwandelte sie alles , was zur Hand war, in ein Geschoss und ließ Töpfe, Pfannen und Pipkins auf die bewaffneten Köpfe der Feinde regnen. Der Baron tobte wie ein Tiger, und der Häusler lag um ihn herum wie eine Dreschmaschine. Einer der Soldaten schlug Robin das Schwert aus der Hand und brachte ihn auf die Knie, als der Junge, der durch den Tumult aufgeschreckt war und durch die Innentür geguckt hatte, im Hemd nach vorne sprang, das Schwert aufhob und es zurücksteckte in Robins Hand, der augenblicklich aufsprang, einen seiner Widersacher entwaffnete und verwundete, während der andere unter dem Druck eines Messingkessels lag, den die Dame aus dem Amazonasgebiet in die Luft geworfen hatte. Robin wandte sich nun Marian zu Hilfe, die die Hiebe und Hiebe ihrer beiden Angreifer geschickt abwehrte, von denen Robin sie von einem befreite, während ein geschickter Schlag ihres Schwertes den Helm des anderen abschlug, der fiel auf den Knien, um um einen Segen zu betteln, und sie erkannte Sir Ralph Montfaucon . Als die Männer, die mit dem Baron und dem Bauern verlobt waren, sahen, wie ihr Anführer überwältigt wurde, legten sie sofort ihre Waffen nieder und riefen um Gnade. Die Frau brachte ein starkes Seil und der Baron band ihnen die Arme auf dem Rücken fest.

„Jetzt, Sir Ralph", sagte Marian, „sind Sie wieder einmal meiner Gnade ausgeliefert."

„Das bin ich immer, grausame Schönheit", sagte der verunsicherte Liebhaber.

„ Seltsam ! Höflicher Ritter", sagte der Baron, „ist das die Erwiderung, die Sie für mein Rindfleisch und meinen Kanarienvogel machen, als Sie meiner Tochter als Zeichen der Reue für Ihre Einmischung bei ihrer Hochzeit die Hand geküsst haben? Herz, ich freue mich zu sehen, dass sie dir einen blutigen Coxcomb verpasst hat. Zerschneide ihn, Mawd ! schneide ihn nieder und wirf ihn in den Fluss."

„Gestehen Sie", sagte Marian, „was hat Sie hierher geführt und wie haben Sie unsere Spuren verfolgt?"

„Ich werde nichts gestehen", sagte der Ritter.

„Dann bekenne dich, Schlingel", sagte der Baron und hielt dem gefangenen Knappen sein Schwert an die Kehle.

„Nimm das Schwert weg", sagte der Knappe, „es ist zu nah an meinem Mund, und meine Stimme wird aus Angst nicht herauskommen: Nimm das Schwert weg, und ich werde alles gestehen." Der Baron ließ sein Schwert fallen und der Knappe ging weiter; „Sir Ralph traf Sie, als Sie Lady Falklands Schloss verließen, und indem er ihr vorstellte, wer Sie waren, lieh er sich von ihr so viele ihrer Gefolgsleute, wie er für nötig hielt, um Ihre Gefangennahme sicherzustellen, da Ihr Vertrauter, der Mönch, nicht an Ihrer Seite war . Wir machten uns unverzüglich auf den Weg und verfolgten Sie zuerst anhand eines Bauern, der Sie in dieses Tal einbiegen sah, und dann anhand des Lichts, das aus dem Fenster dieses einsamen Hauses fiel. Unser Plan war es, Ihnen morgens einen Hinterhalt zu bereiten, aber der Sturm und Ihre Beobachtung meines unglücklichen Gesichts durch das Fenster veranlassten uns, unseren Plan zu ändern; und was dann folgte, können Sie besser sagen als ich, da ich tatsächlich Meister des Fachs bin."

„Du bist ein fröhlicher Schurke", sagte der Baron, „und hier ist ein Becher Wein für dich."

„Gramercy", sagte der Knappe, „und besser spät als nie: aber vorher fehlte mir eine Tasse davon. Wäre ich tapfer gewesen, hätte ich dich spielen lassen."

„Herr Ritter", sagte Marian, „das ist das dritte Mal, dass Sie das Leben meines Herrn und von mir anstreben, denn meines ist mit seinem verwoben. Und hältst du mich für so geistlos, dass du glaubst, dass ich durch Zwang dein sein könnte? Versuche mich nicht noch einmal, denn das nächste Mal wird das letzte sein, und der Fisch des nächsten Flusses wird das Fleisch eines faulen Ritters in das Fasttagsessen eines fleischfressenden Mönchs verwandeln . Ich verschone dich jetzt, nicht aus Mitleid, sondern aus Verachtung. Dennoch sollst du bei einer Konvention schwören, meinen Herrn oder mich nie mehr zu verfolgen oder zu belästigen, und unter dieser Bedingung sollst du leben."

Dem Ritter blieb keine andere Wahl, als sich daran zu halten, und er schwor bei der Ehre des Rittertums, die Konvention unantastbar zu halten. Wie gut er seinen Eid gehalten hat, werden wir nicht erzählen können: Di lui la nostra istoria piu non parla .

Kapitel XVI

Trag mich über das Wasser, du feiner Kerl. – Alte Ballade.

Ohne weitere Belästigungen erreichten die Pilger den Rückzugsort von Sir Guy of Gamwell . Sie fanden, dass der alte Ritter einen zu niedrigen Becher hatte; Zum Teil lag es daran, dass er von den Szenen seiner alten Gastfreundschaft und den Rufen seiner Vasallen aus Nottinghamshire abgeschnitten war, die es gewohnt waren, die Dachsparren seiner alten Halle von ihrem Vergnügen widerhallen zu lassen; aber vor allem deshalb, weil er sich von seinem Sohn getrennt hatte, der schon seit langem die bessere Hälfte seiner Familie war. Die Ankunft unserer Besucher heiterte ihn auf; Als er erfuhr, dass der Baron bei ihm bleiben sollte, bezeugte er seine Freude und die Herzlichkeit seines Empfangs, indem er ihm so lange in die Rippen rammte, bis er brüllen musste.

Robin und Marian verabschiedeten sich liebevoll vom Baron und dem alten Ritter; und bevor sie die Umgebung von Barnsdale verließen, da sie es für ratsam hielten, in einer anderen Verkleidung zurückzukehren, legten sie ihre Pilgerkleidung ab und nahmen die Gewohnheiten und Ausstattungen wandernder Minnesänger an.

Auf diese Weise reisten sie sicher und angenehm, bis sie eines Abends zu später Stunde am Ufer eines Flusses ankamen, wo Robin, der nach einem Durchgangsweg Ausschau hielt, eine Fähre entdeckte, die sicher in einer Ecke am gegenüberliegenden Ufer festgemacht hatte; In der Nähe war ein Schornstein, der einen Rauchkranz durch die dichten Weiden aufsteigen ließ, das einzige Anzeichen menschlicher Besiedlung; und Robin, der den besagten Schornstein und den besagten Rauchkranz natürlich als äußere Zeichen des inneren Fährmanns ansah, rief: „Vorbei!" mit viel Kraft und Klarheit; aber keine Stimme antwortete, und kein Fährmann erschien. Robin erhob seine Stimme und rief mit doppelter Energie: „Over, Over, Ooo-over!" Nur ein schwaches Echo antwortete: „Vorbei!" und verstummte wieder in tiefer Stille: Doch nach einer kurzen Pause antwortete eine Stimme aus den Weiden in einem seltsamen gemischten Tonfall, der halb Schrei und halb Lied war:

Vorbei, vorbei, vorbei, lustiger, lustiger Rover,

Würdest du dann vorbeikommen? Vorbei, vorbei, vorbei?

Fröhlicher, lustiger Rover, hier lebt einer in Klee:

Wer findet das Kleeblatt? Der lustige, lustige Rover.

Er findet das Kleeblatt, dann lass ihn vorbeikommen,

„Ich bezweifle sehr", sagte Marian, „ob dieser Fährmann mit Klee nicht mehr meint als den Zoll seiner Fähre."

„Das bezweifle ich nicht", antwortete Robin, „er ist ein Steuerpflichtiger von Maut und Zehnten, und ich werde ihn als Beweis für sein Anspruchsrecht anstellen, indem ich seine Durchsetzungskraft auf die Probe stelle."

Der Fährmann tauchte aus den Weiden auf und bestieg sein Boot. „So wie ich lebe", rief Robin, „ist der Fährmann ein Mönch."

„Mit einem Schwert", sagte Marian, „steckte in seinem Seilgürtel."

Der Mönch stieß sein Boot mannhaft ab und war bald schon halb über dem Fluss.

„Es ist Bruder Tuck", sagte Marian.

„Er wird uns kaum kennen", sagte Robin; „Und wenn er es nicht tut , werde ich zum Spaß einen Stab mit ihm brechen."

Der Mönch kam singend über das Wasser: Das Boot berührte das Land: Robin und Marian stiegen an Bord: Der Mönch stieß wieder ab.

„Seidene Wämser, seidene Wässler", sagte der Mönch, „schlank gefüttert, ich verneige mich: Dein wandernder Minnesänger ist immer ein armer Zoll: Deine süßen Engel der Stimmen reichen für ein Bett und ein Abendessen im Haus jedes Herrn, der gerne hört." den Ruhm seiner Tapferkeit , ohne die Mühe, dafür zu kämpfen. Was brauchen Sie an einer Handtasche oder einem Beutel? Du darfst vor Dieben singen. Hausierer , Hausierer : Wandern von Tür zu Tür mit der kleinen Ware aus Lügen und Schmeicheleien: Heldentaten für Teppichritter; Ehrlichkeit gegenüber Höflingen; Wahrheit für Mönche und Keuschheit für Nonnen: ein gut verkäuflicher Vorrat, der den Verkäufer nichts kostet, der Abnutzung trotzt und der, wenn er hundert Kunden bedient hat, so reichlich und vermarktbar ist wie eh und je. Aber, Sirrahs, ich werde nichts von eurem Blödsinn hören. Gehen Sie nicht ohne das Klirren der Blechbläser vorbei, sonst schlage ich Ihre musikalischen Nudeln zusammen, bis sie wie ein Paar Becken klingen. Das wird eine neue Melodie für eure Minnesänger sein ."

Diese freundliche Rede des Mönchs endete, als sie das gegenüberliegende Ufer betraten. Robin hatte im Vorbeigehen bemerkt, dass der Sommerstrom niedrig war.

„Warum, du streitsüchtiger Mischling", sagte Robin, „dass, ob du ein Dieb, ein Mönch oder ein Fährmann oder eine schlecht gemischte Verbindung von allen dreien bist, jede Vermutung übersteigt, obwohl ich dich für einen einfachen Dieb halte, was du so anbellst ? Bösewicht, für dich ertönt Messing. Siehst du diese Münze? Hörst du diese Musik? Schau und höre: Du sollst dich nicht berühren: Mein Spiel als Sänger trotzt dir. Du sollst mich auf deinem Rücken über das Wasser tragen und für deine Mühe nichts als eine rissige Wandleuchte erhalten."

„Ein Handel", sagte der Mönch, „denn das Wasser ist niedrig, die Arbeit ist leicht und die Belohnung ist verlockend." Und er bückte sich zu Robin, der ihm auf den Rücken stieg, und der Mönch watete mit ihm über den Fluss.

„Nun, feiner Kerl", sagte der Mönch, „du sollst mich über das Wasser zurücktragen, und du sollst eine rissige Wandleuchte für deine Mühe haben."

Robin nahm den Mönch auf seinen Rücken und watete mit ihm in die Mitte des Flusses, als er ihn durch einen geschickten Ruck plötzlich wegschleuderte und ihn horizontal über Kopf und Ohren ins Wasser stürzte. Robin watete zum Ufer, und der Mönch folgte ihm, halb schwimmend, halb krabbelnd.

„Guter Kerl, guter Kerl", sagte der Mönch, „jetzt werde ich dir deinen rissigen Wandleuchter bezahlen."

„Nicht so", sagte Robin, „ich habe es nicht verdient; aber du hast es verdient und wirst es haben."

Selbst in jenen guten alten Zeiten war es kein alltäglicher Anblick, einen Troubadour und einen Mönch am Ufer eines Flusses mit dem Single-Stick spielen zu sehen, wobei jeder zielstrebig auf den Steuerknüppel des anderen zielte. Die Parteien waren beide so geschickt im Angriff und in der Verteidigung , dass sich ihre gegenseitigen Bemühungen lange Zeit in schnellem und lautem Klopfen auf die Eichenstäbe des jeweils anderen erschöpften. Schließlich gelang es Robin durch eine geschickte Finte, einen Treffer auf die Krone des Mönchs zu erzielen, doch im unvorsichtigen Moment des Triumphs schlug ein prächtiger Schwung des Stabes des Mönchs Robin aus seiner Hand und landete mitten im Fluss und vergelte seinen Schlag auf den Kopf mit einem Maß an Nachdruck , der die Grenzen eines Scherzes überschritten hätte, wenn Marian seinen Abstieg nicht dadurch verzögert hätte, dass er den Arm des Mönchs gepackt hätte.

„Wie geht es dir, Mönch", sagte Marian; „Was haben Sie zu sagen, warum Sie nicht sofort hingerichtet werden sollten, wenn Sie bei einer offenen Rebellion gegen Ihren Lehnsherrn ertappt werden? Deshalb knie nieder, Verräter, und unterwerfe deinen Hals dem Schwert des verletzten Gesetzes."

„Nutzen des Klerus", sagte der Mönch: „Ich flehe meinen Klerus an. Und seid ihr es tatsächlich, ihr Sündenböcke? Ihr seid gut getarnt: An meiner Flasche erkannte ich euch nicht. Robin, lustiger Robin, er erkauft einen

Scherz teuer, der ihn mit einem blutigen Steuerhaufen bezahlt. Aber hier ist Balsam für alle blauen Flecken, äußerlich und innerlich. (Der Mönch holte eine Flasche Kanarienvogel hervor.) Wasche deine Wunde zweimal und deinen Hals dreimal mit diesem Sonnengebräu, und du wirst dich wundern, wo deine Verletzung war. Aber was hat Sie zu diesem Spaß bewegt? Wüsste nicht, dass ihr nicht in einer Maske erscheinen könntet, die besser dazu geeignet wäre, meine Galle zu bewegen, als in der dieser Vergolder und Verlierer der glatten Oberfläche der Wertlosigkeit, die das Gold wahrer Tapferkeit in Verruf bringen, indem sie das unedlere Metall mit dem schöneren stempeln Eindruck? Ich wunderte mich , jemanden zu finden, der dem Kämpfen verfallen war (denn sie haben einen alten Instinkt der Selbsterhaltung), aber ich freute mich darüber, dass ich mit ihnen über poetische Gerechtigkeit sprechen konnte; und deshalb habe ich deine Wandleuchte zerbrochen; dafür lass dies geschehen deine Medizin."

„Aber warum", sagte Marian, „finden wir Sie hier, als wir Sie als gemeinsamen Lordaufseher von Sherwood zurückließen?"

„Ich ziehe mich nur zu meinen Andachten zurück", antwortete der Mönch. „Dies ist meine Einsiedelei, in der ich zum ersten Mal Zuflucht suchte, als ich vor meinen geliebten Brüdern aus Rubygill floh ; und zu dem ich mich immer noch manchmal vor den Eitelkeiten der Welt zurückziehe, die sonst zu sehr an mir hängen würden, da ich zum Geistlichen Ihres Waldgerichts befördert wurde. Denn tatsächlich finde ich in mir gewisse Hinweise und Ermahnungen, dass mein Tag seinen Mittag überschritten hat ; und nichts ist überzeugender als dies: Ich werde jeden Tag intoleranter gegenüber schlechtem Wein und habe einen schärferen und anspruchsvolleren Genuss gegenüber gutem Wein. Es gibt kein sichereres Symptom dafür, dass die Jahre zurückgehen. Der Fährmann ist mein treuer Knecht. Ich schicke ihn mit einem frommen Auftrag, damit ich in gespenstischer Privatsphäre meditieren kann, wenn meine Anwesenheit im Wald am besten erspart werden kann: und wann kann sie besser erspart werden als jetzt, wenn man bedenkt, dass die Nachbarschaft von Prinz John und seine unaufhörlichen Beutezüge für Marian, haben Sie den Wald zu heiß gemacht, um mehr von uns aufzunehmen, als nötig sind, um ein Quorum aufrechtzuerhalten und die Kontinuität unserer Waldherrschaft ungebrochen zu bewahren? Denn in Wahrheit haben wir ohne Eure grünen Majestäten kaum den Verstand, in einem Körper zu leben und gleichzeitig unseren Hals vor Gefahren zu schützen, während dieser Erzrebell und Verräter John die Bezirke unseres Territoriums heimsucht."

Der Mönch führte sie nun in seine friedliche Zelle, wo er seine bescheidene Tafel mit Fisch, Wild, Wildgeflügel, Obst und Kanarienvogel bestückte. Unter der komplexen Wirkung dieser Materia Medica heilten Robins Wunden schnell, und der Mönch, der Minnesänger hasste, begann wie üblich in seinen Tassen zu zwitschern. Robin und Marian mischten sich in seinen melodischen Humor ein, bis der Mitternachtsmond in ihre Feierlichkeiten hineinlugte.

Es war gerade die Geisterzeit der Nacht, als sie eine Stimme „Vorbei!" rufen hörten. Sie hielten inne, um zuzuhören, und die Stimme wiederholte „Over!" mit klaren und lauten Akzenten, die aber gleichzeitig entweder an sich einzigartig klagend und trostlos waren oder aufgrund des Ortes und der Stunde zu sein schienen. Der Mönch rutschte auf seinem Sitz hin und her, geriet in tiefes Grübeln, schüttelte sich und sah sich um: zuerst Marian, dann Robin, dann wieder Marian; füllte sich eine Tasse Kanarienvogel, schüttete sie aus und verfiel wieder in seine Träumereien.

„Wirst du deinen Passagier nicht mitbringen?" sagte Robin. Der Mönch schüttelte den Kopf und sah geheimnisvoll aus.

„Dieser Passagier", sagte der Mönch, „wird niemals vorbeikommen. Bei jedem Vollmond um Mitternacht ruft diese Stimme: „Vorbei!" Ich und mein Diener sind der Aufforderung mehr als einmal gefolgt, und wir haben manchmal einen flüchtigen Blick auf eine weiße Gestalt unter den gegenüberliegenden Bäumen geworfen; aber als das Boot das Ufer berührte, war nichts mehr zu sehen; und die Stimme wurde bis zur Mitternacht des nächsten Vollmondes nicht mehr gehört."

„Es ist sehr seltsam", sagte Robin.

„Wunderbar seltsam", sagte der Mönch mit ernster Miene.

Die Stimme rief erneut „Over!" in einem langen, klagenden musikalischen Schrei.

„Ich muss dorthin gehen", sagte der Mönch, „sonst gibt es uns keine Ruhe. Ich wünschte, alle meine Kunden wären von dieser Welt. Ich fange an zu denken, dass ich Charon bin und dass dieser Fluss Styx ist."

„Ich werde mit dir gehen, Mönch", sagte Robin.

„Bei meiner Flasche", sagte der Mönch, „aber das sollst du nicht."

„Dann werde ich es tun", sagte Marian.

„Noch weniger", sagte der Mönch und eilte aus der Zelle. Robin und Marian folgten ihnen, aber der Mönch überholte sie und stieß sein Boot ab.

Im Schatten der gegenüberliegenden Bäume war eine weiße Gestalt zu sehen. Das Boot näherte sich dem Ufer und die Gestalt glitt davon. Der Mönch kehrte zurück.

Sie betraten die Hütte wieder und unterhielten sich einige Zeit über das Phänomen, das sie gesehen hatten. Der Mönch nippte an seinem Wein und sagte nach einer Weile:

„Es gibt eine Überlieferung, dass hier vor einigen Jahren ein Mädchen ertrunken ist. Die Tradition ist –"

Aber der Mönch konnte keine einfache Geschichte erzählen; deshalb räusperte er sich und sang mit gebührender Feierlichkeit und geisterhafter Stimme:

Ein Mädchen kam im Mitternachtsregen,

Und rief über die Fähre:

Den müden Kerl rief sie vergebens an,

Wessen Sinne der Schlaf begrub.

Abends vor der Tür ihres Vaters

Sie drehte sich um, um ihren Geliebten zu treffen:

Um Mitternacht, am einsamen Ufer,

Sie rief: „Ende, Schluss!"

Sie hatte ihn nicht am Baum getroffen

Von ihrem gewohnten Treffen,

Und im Herzen war sie traurig und krank,

Ihr Herz schlug wild.

In kühler Spannung vergingen die Stunden,

Der wilde Sturm brach über ihr los:

Sie drehte sie zum Fluss in der Nähe,

Und rief: „Vorbei, vorbei!"

Ein trübes, verfärbtes , zweifelhaftes Licht

Der dunkle Schleier des Mondes erlaubte es,

Und dick vor ihrem unruhigen Anblick

Fantastische Schatten huschten.

Die Gestalt ihres Geliebten schien zu gleiten,

Und winke über das Wasser:

Ach! sein Blut war an diesem Morgen gefärbt

Das Schwert ihres Bruders mit Gemetzel.

Auf einem kleinen Felsen stand sie,

Um ihre Anrufung zu machen:

Sie bemerkte nicht, dass der Regen die Flut anschwoll

Hat ihre Station auf eine Insel gebracht.

Der Sturm verspottete ihren schwachen Schrei:

Kein Heiliger würde ihr seine Hilfe geben:

Die Flut schwoll immer höher an,

Und fegte sie den Fluss hinunter.

Doch oft unter dem blassen Mondlicht,

Wenn hohle Winde wehen,

Der Schatten dieser Jungfrau hell

Gleitet durch das Fließen des dunklen Stroms.

Und wenn die Stürme der Mitternacht toben,

Während Wolken den breiten Mond bedecken,

Die wilden Böen wehen über die Welle

Der Ruf „Vorbei, vorbei!"

Während der Mönch sang, meditierte Marian, und als er geendet hatte , sagte sie: „Ehrlicher Mönch, Sie haben Ihre Tradition falsch verstanden, die zur Mündung eines edleren Flusses gehört, wo die Jungfrau von der steigenden Flut weggeschwemmt wurde ", wofür Ihre Landflut ein gleichgültiger Ersatz ist. Aber die wahre Tradition dieses Stroms glaube ich selbst zu besitzen, und ich werde sie auf Ihre eigene Weise erzählen:

Es war ein Ordensbruder frei,

Ein Mönch aus Rubygill :

Am grünen Baum legte er ein Gelübde ab,

Aber er hielt es sehr krank:

Ein Gelübde legte ihm Keuschheit ab,

Aber er hielt es sehr krank.

Er hielt es vielleicht im bewussten Schatten

Von den Grenzen des Waldes, in dem es geschaffen wurde:

Aber er streifte, wohin er wollte, so frei wie der Wind,

Und er ließ sein gutes Gelübde im Wald zurück:

Denn seine Wälder außer Sichtweite waren sein Gelübde außer Sinn,

Mit dem Mönch von Rubygill .

In seiner einsamen Hütte schloss er sich ein,

Der Mönch von Rubygill ;

Wo sich der geisterhafte Elf freigesprochen hat,

Um seinem eigenen guten Willen zu folgen:

Und an Kanariensack mangelte es ihm nicht,

Um sein Gewissen ruhig zu halten.

Und ein Mädchen wusste es gut, wenn es um Mitternacht einsam war

Es glänzte auf dem Wasser, sein Signallampenlicht:

"Über! über!" sie trällerte mit Nachtigallkehle,

Und der Mönch sprang bei dem magischen Ton hervor,

Und sie überquerte den dunklen Bach in seiner gepflegten Fähre,

Mit dem Mönch von Rubygill .

„Schau mal", sagte Robin, „wenn der Mönch nicht errötet. Ich habe in meinem Leben viele seltsame Dinge gesehen, aber bis zu diesem Moment habe ich noch nie einen errötenden Mönch gesehen."

„Ich glaube", sagte der Mönch, „Sie haben nie einen gesehen, der nicht errötete, oder Sie haben gesehen, wie ein guter Kanarienvogel weggeworfen wurde." Aber du darfst gerne lachen, wenn es dir gefällt. Niemand soll in meiner Gesellschaft lachen, auch wenn es auf meine Kosten geschieht, aber ich werde meinen Anteil an der Heiterkeit haben. Die Welt ist eine Bühne und das Leben eine Farce, und derjenige, der am meisten lacht, hat den größten Nutzen aus der Aufführung. Das Schlimmste ist gut genug, um ausgelacht zu werden, obwohl es für nichts anderes gut ist; und das Beste, auch wenn es für etwas anderes gut ist, ist für nichts Besseres gut.“

Und er stimmte ein Lied zum Lob des Lachens und Quälens an, ohne weiter auf Marians unterstellte Anschuldigung einzugehen; vielleicht war er der Meinung, dass es sich um ein Thema handelte, über das das Wenigste, was gesagt wurde, am schnellsten gebessert werden würde.

So verging die Nacht. Am Morgen kam ein Förster zum Mönch und teilte ihm mit, dass Prinz John aufgrund der Dringlichkeit seiner Angelegenheiten in anderen Vierteln gezwungen gewesen sei, Nottingham Castle von seiner königlichen Anwesenheit fernzuhalten. Unsere Wanderer kehrten freudig in ihre Waldherrschaft zurück und wurden so aus der Nähe eines furchterregenderen Kriegstreibers als ihres alten, verletzten und geschlagenen Feindes, des Sheriffs von Nottingham, befreit.

Kapitel XVII

So wohnten und herrschten Robin und Marian im Wald, sie durchstreiften die Lichtungen und die grünen Wälder von der Morgenstunde der Lerche bis zur Vesper der Nachtigall und übten natürliche Gerechtigkeit gemäß Robins Vorstellungen aus, die Ungleichheiten des menschlichen Daseins zu berichtigen: indem sie milden Tau hervorbringen die Säcke der Reichen und Müßiggänger zu entwenden und sie in Form befruchtender Regenfälle auf die Armen und Fleißigen zurückzugeben: ein Vorgang, den aufgeklärtere Staatsmänner gerne rückgängig gemacht haben, zum unbeschreiblichen Nutzen der gesamten Gemeinschaft. Die leichten Schritte von Marian prägten sich im Morgentau neben dem festeren Schritt ihres Geliebten ein, und sie schüttelten seine großen Tropfen um sich herum, während sie sich einen Weg durch den dichten hohen Farn frei machten, ohne Angst vor einer Erkältung zu haben, was nicht viel war in der Mode im zwölften Jahrhundert. Robin war ebenso gastfreundlich wie Cathmor ; Denn sieben Männer standen auf sieben Wegen, um den Fremden zu seinem Fest zu rufen. Es ist wahr, er fügte noch die kleine Verbesserung hinzu, den Fremden dafür bezahlen zu lassen: Was könnte großzügiger sein? Denn Cathmor war selbst der Hauptgeber seines Festes, während Robin nur der Vermittler einer Reihe von Fremden war, die ihrerseits für die Unterhaltung ihrer Nachfolger sorgten; was die Uneigennützigkeit der Gastfreundschaft auf den Höhepunkt bringt. Marian tötete oft die Hirsche,

Robin war sehr gläubig, obwohl in seiner Religion große Einigkeit herrschte: Sie war ausschließlich Unserer Lieben Frau, der Jungfrau, gewidmet, und er machte sich eines Morgens nie auf den Weg, bis er drei Gebete gesprochen und die süße Stimme seines Mariengesangs gehört hatte Hymne an ihre gemeinsame Gönnerin. Jeder seiner Männer hatte wie üblich einen Schutzpatron, je nach seinem Namen oder Geschmack. Der Mönch wählte einen Heiligen für sich und entschied sich für den heiligen Botolph, den er zu Saint Bottle beschwor , und behauptete, er sei genau der panomphische pantagruelische Heilige, der im alten Frankreich als weibliche Gottheit unter dem Namen La Dive Bouteille bekannt war . dessen orakelhaftes einsilbiges „ Trincq " von allen Nationen gefeiert und verstanden wird und von dem gelehrten Arzt Alcofribas 6_, HYPERLINK "https://gutenberg.org/files/966/966-h/966-h.htm" \l "linknote-6" der sich ausführlich mit diesem Thema befasst hat, so ausgelegt wird, dass es „Getränk" bedeutet. Saint Bottle war also der Heilige von Bruder Tuck, der in der Beharrlichkeit seiner Hingabe an seinen gewählten Gönner nicht einmal Robin und Marian nachgab. So war ihr Sommerleben , und in ihren Winterhöhlen hatten sie genügend Möbel, reichlich Futter, einen Vorrat an altem Wein und sicherlich keinen Mangel an Brennstoff, mit fröhlicher Musik und angenehmen Gesprächen, um die Jahreszeit der Dunkelheit und Stürme zu verzaubern.

Der Leser, der mehr über diese orakelhafte Gottheit erfahren möchte, kann den besagten Arzt Alcofribas konsultieren Nasier , der ihn durch Vermittlung der Hohepriesterin Bacbuc in das Adytum führen wird .

Viele Monde hatten zu- und abgenommen, als am Nachmittag eines schönen Sommertages ein kräftiger, breitbeiniger Ritter durch den Wald von Sherwood ritt. Die Sonne schien strahlend auf das volle grüne Laubwerk und bot dem Ritter eine wunderbare Gelegenheit, malerische Effekte zu beobachten, von denen er leider keinen Gebrauch machte. Aber er war noch nicht weit gekommen, als er Gelegenheit hatte, etwas viel Interessanteres zu beobachten, nämlich einen schönen jungen Gesetzlosen, der in echter Sherwood-Manier mit dem Rücken an einen Baum lehnte. Der Ritter bereitete sich darauf vor, dem Fremden eine Frage zu stellen, deren Antwort ihn, wenn sie richtig gegeben worden wäre, von dem Zweifel befreit hätte, der ihn schwer belastete, ob er sich auf dem richtigen Weg oder auf dem falschen Weg befand, als der Jüngling kam verhinderte die Untersuchung, indem er sagte: „In Gottes Namen, Sir Knight, Sie kommen zu spät zu Ihren Mahlzeiten. Mein Herr hat seit drei Stunden mit dem Abendessen für Sie gewartet."

„Ich bezweifle", sagte der Ritter, „ich bin nicht der, von dem du weißt. Mir ist heute kein Ort bekannt, und ich kenne keinen in dieser Gegend."

„Wir befürchteten", sagte der Junge, „dein Gedächtnis würde trügerisch sein. Deshalb bin ich hier stationiert, um es aufzufrischen."

„Wer ist dein Meister?" sagte der Ritter; „Und wo bleibt er?"

„Mein Meister", sagte der Junge, „heißt Robin Hood, und er bleibt fest dabei."

„Und was weiß er von mir?" sagte der Ritter.

„Er kennt dich", antwortete der Jüngling, „wie jeden Ritter und Mönch, der umherzieht, instinktiv."

„Gramercy", sagte der Ritter; „Dann verstehe ich sein Gebot: aber wie wäre es, wenn ich sage, dass ich nicht kommen werde?"

„Mir wurde befohlen, dich zu bringen", sagte der Junge. „Wenn die Überzeugung nicht hilft, muss ich andere Argumente verwenden."

„ Sagtst du das?" sagte der Ritter; „Ich bezweifle, dass mich deine jugendliche Rhetorik überzeugen würde."

„Das", sagte der junge Förster, „wir werden sehen."

„Wir sind nicht gleichwertig, Junge", sagte der Ritter. „Ich würde durch deinen Sieg weniger Ehre bekommen als Kummer durch deine Verletzung."

„Vielleicht", sagte der Jüngling, „meine Stärke ist mehr als mein Schein, und meine List ist mehr als meine Stärke." Deshalb möge es eurer Ritterschaft gefallen, abzusteigen."

„Es wird meiner Ritterschaft gefallen, deine Anmaßung zu züchtigen", sagte der Ritter und sprang aus seinem Sattel.

Daraufhin begannen sie zu kämpfen, was damals normalerweise das Ergebnis eines Treffens zwischen zwei beliebigen Personen war.

Der Ritter verfügte in einem ungewöhnlichen Maße sowohl über Kraft als auch über Geschicklichkeit: Der Förster hatte weniger Kraft, aber nicht weniger Geschicklichkeit als der Ritter und zeigte eine solche Beherrschung seiner Waffe, dass dieser große Bewunderung erregte.

Sie hatten nicht viele Minuten nach der Walduhr, der Sonne, gekämpft; und hatten einander bisher keinen schlimmeren Schaden zugefügt, als dass der Ritter die Jacke des Försters verletzt hatte und der Förster den Federbusch des Ritters außer Gefecht gesetzt hatte; als sie von einer Stimme aus einem Dickicht unterbrochen wurden, die ausrief: „Gut gekämpft, Mädchen, gut gekämpft." Mass, das war beinahe ein kluger Schlag gewesen. Dafür bist du ihm etwas schuldig , Mädchen. Heirate, bleib dabei, ich werde ihn für dich bezahlen."

Der Ritter wandte sich der Stimme zu und sah einen großen Mönch aus dem Dickicht kommen, einen schweren Knüppel schwingend.

"Wer bist du?" sagte der Ritter.

„Ich bin der Kirchenkämpfer von Sherwood", antwortete der Mönch. „Warum wehrst du dich gegen unsere Königin?"

„Was meinst du?" sagte der Ritter.

„Wahrlich", sagte der Mönch, „das ist unsere Lehnsherrin des Waldes, gegen die ich dich wegen offenkundigen Verrats verdächtige." Was sagst du zu dir?"

„Ich sage", antwortete der Ritter, „wenn dies tatsächlich eine Dame wäre, hätte mich ein Mann noch nie so lange festgehalten."

„Gesprochen", sagte der Mönch, „wie jemand, der hingerichtet hat." Hast du deinen Magen voller Stahl? Willst du deine Mahlzeit mit einer Kostprobe meines Eichenholzes abwechseln ? Oder willst du dein Herz unserem Wildbret zuneigen, das wirklich kühlt? Willst du kämpfen? Oder willst du essen? Oder willst du kämpfen und essen? Oder willst du essen und kämpfen? Ich bin für dich, wähle, was du willst."

„Ich werde speisen", sagte der Ritter; „Denn mit der Dame habe ich noch nie gekämpft, und mit dem Mönch habe ich noch nie gekämpft, und mit keinem von beiden werde ich jemals wissentlich kämpfen. Und wenn dies die Königin des Waldes ist, werde ich, da ich in ihren eigenen Herrschaftsgebieten bin, nicht zurückhaltend sein ihre Hommage."

dies sagte, küsste er Marians Hand, die sich sehr freute, ihre Zustimmung zum Ausdruck zu bringen.

„Gramercy, Herr Ritter", sagte der Mönch, „ich lobe dich für deine Höflichkeit, die meiner Meinung nach nicht geringer ist als deine Tapferkeit . Nun folge mir, während ich meiner Nase folge, die den angenehmen Geruch von Braten aus der Tiefe der Waldnischen wahrnimmt. Ich werde dein Pferd führen, und du führst meine Dame."

Der Ritter nahm Marians Hand und folgte dem Mönch, der vor ihnen herging und sang:

Wenn der Wind weht, wenn der Wind weht

Von dort, wo unter dem Bock der trockene Baumstamm leuchtet,

Welchem Leitfaden können Sie folgen,

Über Bremse und über Mulde,

So wahr wie eine gespenstische, gespenstische Nase?

Kapitel XVIII

Robin und Richard waren zwei hübsche Männer.

– Die Melodie von Mutter Gans.

Sie gingen, ihrem unfehlbaren Führer folgend, zunächst auf einem leichten, elastischen Grünrasen im Schatten hoher und weitläufiger Bäume entlang, der eine sonnige Öffnung des Waldes umsäumte, dann auf labyrinthischen Pfaden, die der Hirsch, der Gesetzlose oder der Holzfäller angelegt hatten , durch die dichten Triebe der jungen Niederungen, durch das dichte Unterholz der alten Wälder, durch Beete aus riesigen Farnen, die die engen Lichtungen füllten und ihre grünen Federköpfe über dem Federbusch des Ritters schwenkten. Sie gingen im Gänsemarsch durch diese Waldgassen; Der Mönch singt und leistet Pionierarbeit im Wagen, das Pferd stürzt und zappelt hinter dem Mönch her, die Dame folgt „in jungfräulicher Meditation, fantasie frei", und der Ritter bildet die Nachhut und wundert sich sehr über die seltsame Gesellschaft, in die ihn seine Sterne geworfen haben . Ihr Weg hatte sich so weit ausgedehnt, dass der Ritter erneut Marians Hand ergreifen konnte, als sie in der erhabenen Gegenwart von Robin Hood und seinem Hofstaat ankamen.

Robins Tisch stand unter einem hohen, übergreifenden Baldachin aus lebenden Zweigen, am Rande eines natürlichen, mit Blumen übersäten Grünrasens, durch den ein schnelles, durchsichtiges Rinnsal floss, das in der Sonne glitzerte. Die Tafel war mit einer Fülle erlesener Speisen und ausgezeichneter Spirituosen bedeckt, nicht ohne die Anmut schneeweißen Leinens und der Pracht kostbarer Teller, zu deren Ausstattung der Sheriff von Nottingham widerwillig beigetragen hatte, und gleichzeitig mit einem ausgezeichneten Koch, der … Die Kunst des kleinen John hatte sich mit dem Inhalt der silbernen Spülküche seines Herrn in den Wald verflüchtigt.

Hundert Förster waren hier versammelt und bereiteten sich auf ihr Abendessen vor, einige saßen am Tisch, andere lagen in Gruppen unter den Bäumen.

Robin hieß den Ritter höflich willkommen, der seinen Platz zwischen Robin und Marian an der Festtafel einnahm; Dort war bereits ein seltsamer Gast in der Person eines beleibten Mönchs untergebracht, der zwischen Little John und Scarlet saß und dessen runde Physiognomie durch den gemeinsamen Einfluss von Trauer und Angst zu einem unnatürlichen Oval verlängert war: Trauer um den Inhalt seiner Reise, den er verlassen hatte Schatzkammer, eine hübsche Reisetasche, die leer an einem Ast hing; und Angst um seine persönliche Sicherheit, die ihm alle Flaschen und Pasteten vor ihm nicht garantieren konnten. Das Erscheinen des Ritters heiterte ihn jedoch mit einem Anschein von Schutz auf und gab ihm gerade genug Mut, einen Cygnet und einen Rumkuchen zu zerstören, den er mit dem Inhalt von zwei Fläschchen Kanariensack verdünnte.

Aber Wein, der manchmal Freude macht und sie oft steigert, steigert gelegentlich auch den Kummer: und so erging es nun unserem beleibten Mönch, der kaum seinen Anteil an Futter verraten hatte, als er anfing, bitterlich zu weinen und sich zu beklagen .

„Warum weinst du, Mann?" sagte Robin Hood. „Du hast deine Botschaft gerecht gemacht und sollst die Gnade deiner Dame genießen."

"Ein Mangel! ein Mangel!" sagte der Mönch: „Ich hatte keine Gesandtschaft, unglücklicher Sünder, so gut du willst , als den Schatz, den du mir geraubt hast, sicher in meine Abtei zu bringen."

„Schlagen Sie mir seinen Fall vor", sagte Bruder Tuck, „und ich werde ihm geisterhaften Rat geben."

„Du erinnerst dich noch gut", sagte Robin Hood, „an den traurigen Ritter, der hier vor zwölf Monaten und einem Tag mit uns zu Abend gegessen hat."

„Gut, das tue ich", sagte Bruder Tuck. „Seine Ländereien waren durch einen gewissen Abt in Gefahr, der ihm keine Zeit mehr ließ, sie zu erlösen. Daraufhin liehst du ihm die vierhundert Pfund, die er brauchte und die er heute zurückzahlen sollte, obwohl er keine bessere Sicherheit zu geben hatte als unsere Liebe Frau, die Jungfrau."

„Ich habe mir nie etwas Besseres gewünscht", sagte Robin, „denn sie hat es nie versäumt, mir meinen Lohn zu schicken; Und hier ist einer aus ihrer eigenen Herde , dieser treue und beliebte Mönch von St. Mary's, der es mir ordnungsgemäß gebracht hat, Kapital und Zinsen bis zu einem Penny, wie Little John bezeugen kann, der es erzählt hat. Natürlich bestritt er, es zu haben, aber das sollte unseren Glauben beweisen. Wir haben es gesucht und gefunden."

„Ich weiß nichts von deinem Ritter", sagte der Mönch, „und das Geld gehörte uns, wie die Jungfrau mich segnen wird."

„Sie wird dich segnen", sagte Bruder Tuck, „für einen treuen Boten."

Der Mönch fing wieder an zu jammern. Der kleine John brachte ihm sein Pferd. Robin gab ihm die Erlaubnis zur Abreise. Er sprang mit einzigartiger Geschicklichkeit in den Sattel und verschwand, ohne zu sagen: „Gott schenke dir einen guten Tag."

Der fremde Ritter lachte herzlich, als der Mönch davonritt.

„Sie sagen, Herr Ritter", sagte Bruder Tuck, „diejenigen sollten lachen, die gewinnen; aber du lachst , wer wahrscheinlich verlieren wird ."

„Ich habe gewonnen", sagte der Ritter, „ein gutes Abendessen, etwas Fröhlichkeit und etwas Wissen: und ich kann nicht verlieren, indem ich dafür bezahle."

„Mutig gesagt", antwortete Robin. „ Dennoch steht es dir zu, dafür zu bezahlen, denn es ist ungebührlich, dass ein armer Förster einen reichen Ritter behandelt. Wie viel Geld hast du bei dir?"

„Troth, ich weiß es nicht", sagte der Ritter. „Manchmal viel, manchmal wenig, manchmal nichts. Aber suche, und was du findest , behalte. Und um deines gütigen Herzens und deiner offenen Hand willen, sei es was auch immer, ich würde mir mehr wünschen."

„Dann, da du es sagst", sagte Robin, „werde ich keinen Penny anrühren. Manch ein falscher Trottel kommt hierher und gibt Geld gegen seinen Willen aus; und solange es nicht an ihnen mangelt, jage ich keine wahren Männer."

„Du bist ein wahrer Mann, das urteile ich ganz gut, Robin", sagte der fremde Ritter, „und wirkst eher wie einer, der am Hofe aufgewachsen ist, als in deinem jetzigen Leben als Gesetzloser."

„Unser Leben", sagte der Mönch, „ist ein Handwerk, eine Kunst und ein Geheimnis. Wie viel davon könnte Ihrer Meinung nach bei Hofe in Erfahrung gebracht werden?"

„Das kann ich zwar nicht sagen", sagte der fremde Ritter, „aber ich würde sehr wenig befürchten."

„Das sollte ich auch tun", sagte der Mönch, „denn wir würden nur sehr wenig von unserer kühnen, offenen Praxis erfahren, dafür aber reichlich Lob für unsere Prinzipien hören." In scheinbarer Gemeinschaft und geheimer Rivalität leben; eine Hand für alle und ein Herz für niemanden zu haben; jedermanns Bekannter und niemandes Freund sein; über den Untergang aller nachzudenken, denen wir zulächeln, und die geheimen List aller zu fürchten, die uns zulächeln; Ehre zu stehlen und Vermögen zu plündern, nicht durch Kämpfen bei Tageslicht, sondern durch Ausplündern in der Dunkelheit: Das sind Künste, die der Hof lehren kann, die wir aber, bei meiner Dame, nicht gelernt haben. Aber lassen Sie Ihren Hofsänger seine Kehle auf das Lob Ihres Hofhelden stimmen, dann kommen unsere Prinzipien ins Spiel: Dann wird unsere Praxis nicht mit demselben Namen gepriesen, denn ihr Richard ist ein Held, und unser Robin ist ein Dieb : Heirate, dein Held plündert einen Schatzmeister, während dein Dieb einen Koffer ausweidet, dein Held plündert eine Stadt, während dein Dieb einen Keller plündert: Dein Held plündert in größerem Maßstab, und das ist der ganze Unterschied, für das

Prinzip und die Tugend sind eins: aber zwei von einem Beruf können sich nicht einigen: Deshalb erlässt dein Held Gesetze, um deinen Dieb loszuwerden, und gibt ihm einen schlechten Ruf, damit er ihn hängen kann: denn die Stärke ist richtig, und die Starken erlassen Gesetze für die Schwachen, und Diejenigen, die Gesetze erlassen, um ihrem eigenen Vorteil zu dienen, erlassen auch Moralvorstellungen, um ihren Gesetzen Farbe zu verleihen."

„Dein Vergleich, Mönch", sagte der Fremde, „fehlt darin, dass dein Dieb um Profit kämpft und dein Held um Ehre . Ich habe unter den Bannern von Richard gekämpft, und wenn er, wie Sie es ausdrücken, Staatskassen ausweidet und Städte plündert, dann nicht, um Schätze für sich zu gewinnen, sondern um die Mittel für sein größeres und ruhmreicheres Ziel bereitzustellen."

„Verstehen Sie mich nicht falsch, Herr Ritter", sagte der Mönch. „Wir alle lieben und ehren König Richard, und hier ist ein tiefer Einblick in seine Gesundheit: Aber ich möchte Ihnen zeigen, dass wir Förster fälschlicherweise mit schmählichen Namen bezeichnet werden und dass unsere Tugenden, obwohl sie in bescheidenem Abstand folgen, dennoch wirklich verwandt sind zu denen von Coeur- de-Lion. Ich sage nicht, dass Richard ein Dieb ist, aber ich sage, dass Robin ein Held ist: Und für Ehre , hat jemals ein Mensch, der fälschlicherweise Dieb genannt wird, größere Ehre erlangt als Robin? Beehren ihn nicht alle Menschen mit einem ehrenvollen Beinamen? Der sanfteste Dieb, der höflichste Dieb, der großzügigste Dieb, ja, und der ehrlichste Dieb? Richard ist höflich, großzügig, ehrlich und tapfer, aber Robin ist es auch: Es ist das falsche Wort, das den ungerechten Unterschied macht. Sie sind Zwillingsgeister und sollten Freunde sein, aber das Schicksal hat ihr Schicksal anders bestimmt; aber ihre Namen werden bis in die letzten Tage gemeinsam herabsteigen, wie die Blüte ihres Zeitalters und Englands: denn in den reinen Prinzipien der Freibeute haben sie es getan übertraf alle Männer; und zu den vielfältig entwickelten Grundsätzen des Freibeutetums gehören alle Qualitäten, denen Lied und Geschichte Ruhm verleihen."

„Und Sie können hinzufügen, Mönch", sagte Marian, „dass Robin, kein geringerer als Richard, König in seinem eigenen Reich ist; und wenn es weniger Untertanen gibt, sind sie dennoch durchweg loyaler."

„Ich wünschte, schöne Dame", sagte der Fremde, „wenn deine letzte Beobachtung nicht so wahr wäre ." Aber ich zweifle nicht daran, Robin, dass, wenn Richard Ihren Mönch hören und Sie und Ihre Dame sehen könnte, wie ich es jetzt tue, es in England keinen Mann gibt, den er herzlicher bei der Hand nehmen würde als Sie."

„Gramercy, Sir Ritter", sagte Robin – aber seine Rede wurde unterbrochen, als Little John rief: „Horch!"

Alle hörten zu. Aus der Ferne war das Trampeln von Pferden zu hören. Die Geräusche näherten sich schnell, und schließlich war zwischen den Bäumen eine Gruppe Reiter in glitzernden Festtagsgewändern zu sehen.

„Gott ist mein Leben!" sagte Robin, „was bedeutet das? Zu den Waffen, meine Fröhlichen alle."

„Keine Waffen, Robin", sagte der vorderste Reiter, der herbeiritt und aus seinem Sattel sprang: „Hast du Sir William of the Lee vergessen?"

„Nein, bei meiner Güte", sagte Robin; „Und herzlich willkommen in Sherwood."

unorganisierte Ökonomie des Tisches wieder in Ordnung zu bringen und die baufälligen Lebensmittel zu ersetzen.

„Ich komme zu spät, Robin", sagte Sir William, „aber ich kam an einem Ringkampf vorbei, wo ich einen guten Freibauern vorfand, der zu Unrecht von einer Schar stämmiger Knechte bedrängt wurde, und ich blieb stehen, um es ihm recht zu machen."

„Dafür danke ich dir im Namen Gottes", sagte Robin, „als ob du mir selbst gute Dienste geleistet hättest."

„Und hier", sagte der Ritter, „sind deine vierhundert Pfund ; und meine Männer haben dir hundert Bögen und ebenso viele wohlgerüstete Köcher gebracht; Ich bitte dich, nimm es an und nutze es als armseliges Zeichen meiner dankbaren Güte dir gegenüber. Du hast mich, meine Frau und meine Kinder von der Armut erlöst."

„Deine Pfeile und Bögen", sagte Robin, „werde ich freudig annehmen, aber von deinem Geld keinen Pfennig." Es ist bereits bezahlt. Meine Dame, die deine Sicherheit war, hat es mir für dich geschickt."

Sir William drängte, aber Robin war unflexibel.

„Es ist bezahlt", sagte Robin, „wie dieser gute Ritter bezeugen kann, der den Boten meiner Dame erst jetzt gehen sah."

Sir William blickte sich zu dem fremden Ritter um, fiel sofort auf sein Knie und sagte: „Gott schütze König Richard."

Die Förster, der Mönch und alle anderen, fielen gemeinsam auf die Knie und wiederholten im Chor: „Gott schütze König Richard."

„Steh auf, steh auf", sagte Richard lächelnd. „Robin ist hier König, wie seine Dame gezeigt hat. Ich habe viel von dir gehört, Robin, sowohl über deinen gegenwärtigen als auch über deinen früheren Zustand. Und das, deine schöne Waldkönigin, ist, wenn die Geschichten wahr sind, die Lady Matilda Fitzwater."

Marian unterzeichnete die Empfangsbestätigung.

„Dein Vater", sagte der König, „hat seine Treue zu mir durch den Verlust seiner Ländereien bestätigt, für deren Wiederherstellung mir die Neuheit meiner Rückkehr und viele öffentliche Sorgen noch keine Zeit gegeben haben; aber diese Gerechtigkeit wird geschehen." ihm getan, und auch dir, Robin, wenn du dein Waldleben verlassen und deine Grafschaft wieder aufnehmen und ein Peer von Coeur-de-Lion werden willst: ein mutigeres Herz und eine gerechtere Hand habe ich noch nie gefunden . "

Robin sah sich zu seinen Männern um.

„Deine Anhänger", sagte der König, „ sollen freie Begnadigung haben, und diejenigen von ihnen, von denen du dich trennen willst, sollen von mir Unterhalt erhalten; und wenn ich jemals vor dem Priester beichte, soll es vor deinem Bruder sein."

„Gnade Eurer Majestät", sagte der Mönch; „Und meine Leiden werden Fläschchen mit Kanarienvogel sein; und wenn die Zahl (wie es in schweren Fällen vielleicht der Fall sein kann) zu groß für einen einzigen gebrechlichen Menschen ist, werde ich Sie durch stellvertretende Buße entlasten und mir die überflüssige Last in den Rachen schütten."

Robin und seine Anhänger nahmen den Vorschlag des Königs an. Es folgte bald ein freudiges Treffen mit dem Baron und Sir Guy von Gamwell , und Richard selbst ehrte mit seiner eigenen Anwesenheit eine formelle Feier der Hochzeit unserer Liebenden, die er stets mit seiner besonderen Hochachtung auszeichnete.

Der Mönch konnte nicht ohne schweren Herzens „Lebe wohl vom Wald" sagen, und er sang, während er seinen Grenzen den Rücken zuwandte und gelegentlich den Kopf zurückdrehte:

> Ihr Wald, das oft zur schwülen Mittagszeit
>
> Lass deinen unordentlichen Schatten über mich verbreiten:
>
> Ihr strömenden Ströme, deren gemurmelte Melodie
>
> Hut in meinem Ohr süße Musik gemacht,
>
> Während, wo die tanzenden Kieselsteine zu sehen sind
>
> Tief im unruhigen Brunnenbecken
>
> Der Aufwärtsfluss des gelierten Wassers,

Doch der Abschied des Mönchs sollte nicht ewig dauern. Er hatte seinen Wohnsitz als Familienbeichtvater des Grafen und der Gräfin von Huntingdon, die ein diskretes und höfisches Leben führten und die alte Gastfreundschaft in all ihrer Großzügigkeit bis zum Tod von König Richard und der Usurpation von John aufrechterhielten, indem sie ihre Feinde in die Enge trieben Die Macht zwang sie, zu ihrer grünen Souveränität zurückzukehren. Was sie wahrscheinlich schon früher aus freien Stücken getan hätten, wenn ihre Liebe zur Waldfreiheit nicht durch ihren Wunsch, die Freundschaft von Coeur-de-Lion aufrechtzuerhalten, zunichte gemacht worden wäre. Ihre alten und erprobten Anhänger, der Mönch an der Spitze, strömten wieder um ihr Waldbanner; und im fröhlichen Sherwood lebten sie lange zusammen, wobei die Dame immer noch ihren früheren Namen Maid Marian behielt, obwohl die Bezeichnung damals ebenso eine Fehlbezeichnung war wie die von Little John.

DAS ENDE.

Fußnoten:

1 [Aus Liebe zu Gott am langsamen Feuer rösten.]

2 [Von diesen Zeilen gehört alles, was nicht kursiv geschrieben ist, Herrn
Wordsworth: Resolution and Independence.]

3 [Harp-it-on: oder eine Verballhornung von (griechisch „ Erpeton "), einem
schleichenden Ding.]

4 [Und deshalb wird sie Jungfrau Marian genannt

Weil sie ein makelloses Mädchenleben führt

Und das wird so bleiben, bis Robins Leben als Gesetzloser zu Ende ist.

—Altes Stück.]

5 [„ Diese Byshoppes und diese Archbyshoppes

Ihr sollt sie beten und beißen ",

*sagt Robin Hood in einer alten Ballade. Vielleicht ist dies jedoch nicht im
wörtlichen, sondern im übertragenen Sinne vom Binden und Schlagen des
Weizens zu verstehen: Denn da alle reichen Männer Robins Ernte waren,
müssen die Bischöfe und Erzbischöfe die schönsten und fettesten Ähren unter
ihnen gewesen sein , von dem Robin lediglich vorschlägt, das Korn zu dreschen,
als er sie anweist, sie zu binden und zu schlagen: und wie Pharaos fette Kühe
typisch für fette Weizenähren waren, so können fette Weizenähren mutatis
mutandis typisch für fette Kühe sein .]*

6 [Alcofribas Nasier : ein Anagramm von Francois Rabelais und seine
vermutete Bezeichnung.]